• 衛斯理小說典藏版 71 •

背叛

衛斯理
親自演繹衛斯理
《背叛》

新之又新的序言，最新的

衛斯理小說從第一次出版至今，歷時已近半世紀，總共出了多少正版，還能計得清，若是連盜版一起算，那就算找外星人來算，也算勿清楚哉！不知能不能也算世界紀錄。

算得清好，算勿清也好，能幾十年來不斷出新版，說明不斷有讀者加入，對作者來說，沒有更值得高興的事了，謝謝所有喜歡衛斯理的人，謝謝謝謝。

倪匡

二〇二〇年六月四日 香港

幾句話

寫了四十多年小說，論者將拙作分為三個時期：早、中、晚。在明窗出版的一批，屬於早期和中期的上半。三個時期的創作風格有相當程度的不同，所以風評不一。本人並無偏愛，但讀友對早期的作品，頗有好評，大抵是由於在早、中期作品之中，主要人物精力充沛，活力無窮，所以使故事曲折多變，小說也就格外吸引。明窗出版社此次重新出版這批作品，正好讓大家來證明這一點。

四十餘年來，新舊讀友不絕，若因此而能有新讀友，不亦快哉！

倪匡

二〇〇五年十一月六日

序言

《背叛》這個故事，特別之至——我的每一個故事，都有它的獨特之處，可是這一個，就像在敘述故事時常用的一句話一樣：在這之前，從來也沒有過那樣特別的故事。

這個故事，講的是一樁背叛事件，而且，人物的行為，涉及同性戀（當然未曾在這方面發揮什麼）。故事一直在種種假設之中展開，疑點只有一個：為什麼要背叛。

結果，疑點有了答案，極簡單，看了就知道。

這個故事，當然是一個幻想故事，乍看和「科學」幾乎扯不上關係。可是心理學，是一門十分深奧的科學，自然可稱「科幻小說」。

被背叛是極痛苦的事。

可是如果想一想，背叛者總有他的理由，也就有機會像甘鐵生一樣，痛苦會消失無蹤。

真會嗎？

騙你的，因為我試過了，沒有用。

有一點，倒很容易明白：不要對人太好，或不需對人太好，或不必對人太好，因為你永遠不知道別人心中怎麼想！

衛斯理（倪匡）

一九八八年四月十六日

（莫名其妙接到兩個澳門打來的電話之後。）

（有了被背叛的可怕經歷之後。）

（被主編催稿催得幾乎神經錯亂之後。）

（還活着，居然！）

目錄

第一部

兩個名叫鐵生的男人

機緣巧合的相逢

背叛，是地球人的一種行為。

背叛這種行為，是表現地球人性格的典型。

背叛，在其他地球生物的行為中找不到。

背叛是不是在外星生物的行為中也有？不得而知。

背叛是一種極壞、極賤、極卑鄙、極下流、極可恥、極無情、極殘酷、極可怕的行為。

必須說明的是：背叛，絕不等於叛變。

背叛是背叛，叛變是叛變。

叛變在明中進行，背叛在暗中進行。

叛變可以光明正大，背叛必然黑暗陰森。

問題不在那個「叛」字，是在於那個「背」字。

人人有權和任何人由合而分，而由一致而對立——這種過程是叛。但如果叛的一方，在進行這一切的時候，被叛的一方全不知情，叛的一方，還竭力在瞞騙欺哄被叛的一方，那就是背叛。

被背叛，是極令人痛心的事，其令人痛心的程度，大抵是人類所能感到的痛心之最。

人類歷史上最早的背叛是什麼呢？《創世紀》上這樣記載着：「於是女人見那棵樹的果子好作食物，也悅人的眼目，且是可喜愛的，能使人有智慧，就摘下果子來吃了，又給她丈夫，她丈夫也吃了。」

是從女人先開始，受不了引誘，背叛了上帝。

（背叛行為之中，必須有一個或一個以上的引誘在。）

（被背叛了的上帝，表現了人所無法表現的偉大心胸，人類自此墮入罪惡深淵，可是上帝還是盡一切力量在拯救世人，甚至派出唯一的兒子，用寶血來洗世人的罪。）

故事其實不是從說教開始，而是從一場戰爭開始的。

戰爭也是人類行為之一，自有人類歷史以來，在人類居住的這顆小行星上，沒有一天停止過，一直不斷地有各種各樣的戰爭。大而古老到了軒轅黃帝和蚩尤在中國北方平原上的大戰，驚天地泣鬼神。小而接近的到屋外空地上，兩批孩子忽然不知為了爭奪什麼而打了起來。

（在戰爭行為之中，必然有一個或一個以上爭奪的目標在。）

不必問時間地點交戰雙方等等細節，總之，那是一場戰爭。

整個作戰的方案，早在半年之前就已經提出來，師長和副師長、師參謀部的大小參謀，都反覆經過詳細的研究，也通過了種種方法得來的情報，對敵人方面的兵力有着確實的了解，敵方將領用兵的方式，也了然於胸，這一仗，一定可以打贏，而且可以贏得極其漂亮，大獲全勝。

這一個師的兵力足，武器好，師長和副師長之間，親若兄弟，副師長經常笑着對人說：「我是師長從垃圾堆裏撿出來的。」

而師長一聽得副師長那樣說的時候，總也笑着：「胡說八道什麼。」

副師長的神情，會變得認真：「本來就是，九年前，我——」

這一番對話，認識師長和副師長的人，都聽過三遍以上，可知九年來，他們一直沒有中斷過這樣的對話。內容完全一樣，當然，當師長還是旅長、團長、營長、連長、排長的時候，對話中的「師長」，要換上師長在那時候的職位。

所以，故事也不是從戰爭開始，而是從師長和副師長的相遇那件事開始的。

師長姓甘，大名鐵生，像是生來就該當將軍的，可是他的外形，和他的名字、軍職，絕不相稱。要是他不穿軍服，穿上一襲長衫，再拿一柄摺扇的話，那根本就是一個文弱的白面書生——事實上，甘鐵生投筆從戎，的確文武雙全。

帶兵，並不好帶，並不是所有的軍隊都有良好的紀律，有的老兵，十年八年兵當下來，在戰場上經歷得多，把生死得失全看得淡了，長官的命令，要是不合意，照樣當耳邊風。

可是甘鐵生帶的兵，一直都被稱為「鐵軍」，那自然是由於他治軍有方，韜略出眾，而且在衝鋒陷陣之際，勇猛無比——他纖細高瘦的身形，本來應該在幾千個彪形大漢之中，成為笑柄，可是誰也不敢小看他，因為他打仗勇猛。

所以，他十八歲當排長，二十七歲就當了師長。

副師長姓方，大名也叫鐵生——那是一個很普通的中國男性的名字，連同名同姓，也大有可能，單是名字一樣，不算太巧。

副師長的外形，和師長剛好相反，他們兩人名字相同，可是外形截然相反，方鐵生是真正的彪形大漢，身形魁梧雄壯之極，手伸出來，大如蒲扇，捏成了拳頭，就和醋罏一般。曾有幾個老兵打賭，說他的手，能握住拉了引線的手榴彈，就讓手榴彈在他的掌中爆炸，而他可以無損分毫。

那場打賭，自然沒有結果，因為勇猛如方鐵生，也不敢真的那麼做來證實一下。

他身高接近兩公尺，全身肌肉盤結，每一塊突出的肌肉，都硬得像鋼塊，他力大無窮，一個人可以負起一門大炮，他滿臉虬髯——關於他的鬍子，倒是千真萬確的事，勤務兵替他刮鬍子，刮了左半臉，再刮右半邊，刮完了右半邊，左半邊的鬍子又已冒了出來，摸上去會扎手。

所以，方鐵生想保持頭臉之上，淨光滑溜；是沒有可能的事，他也乾脆把虬髯留了起來，每十天半月，修剪一次，他的虬髯一圈圈，又密又黑又硬，更替他這個凜凜大漢，增添了十二分的剛猛威武。不論是誰看了，都會聯珠般喝采：「好一條漢子。」

又有傳說，說他在戰場上，故意揀高地，往上一站，天神一般威風，敵軍一起舉手投降，寧願成為他的部下，往往可以不戰而勝。

這個傳説雖然誇張了一些，但是有一次，軍中官兵同樂，演《風塵三俠》，方鐵生扮虬髯客，一出場，采聲雷動，倒的確沒有人不叫好的。

方鐵生方臉濃髯，身形又高大之至，但是他為人卻十分隨和，對部下從來不疾言厲色，只罪打仗時不拚命的人，其他一切錯誤，他都一概不理，只當看不見，有事求他，只要他能答應，無有不應允的。

要不是他性格隨和，雖然説「英雄莫論出處」，但也總不能把「我是師長從垃圾堆裏撿出來的」這樣的話，一直掛在口邊。

對了，這樣神威凜凜的一員猛將，怎麼會是「從垃圾堆裏撿出來」的呢？

要把時間向前推九年。

那年，甘鐵生十八歲，軍職是排長，方鐵生十二歲，在垃圾堆中。

垃圾堆，是真正的垃圾堆。那樣的垃圾堆，普天之下，不知凡幾，垃圾堆上，照例有漫天飛舞的各類蒼蠅、老鼠、野貓、野狗和無家可歸的流浪少年，各盡所能，希望能在垃圾堆中，發現一點可以靠它維持生命的東西。

那個垃圾堆，位於一個小火車站的旁邊，車站小得只有半邊鐵皮屋（另外一半不知什麼時候叫人拆走了，或是銹壞了。）

這種小地方，平時人迹稀少，一天也未必有一班火車經過，而甘鐵生恰好就在這時經過。

運兵的列車不在正常的班次之內，又不是有軍情，只是普通的調防，並不趕時間，所以載甘鐵生排長所在的那個團的運兵車，就開開停停，停停開開，在什麼地方停，完全沒有規律，只是臨時決定。

人的命運，真是天下最奇怪的事，幾乎不可能發生的一個機緣，可以改變一個人的一生，而一個人的一生，又可以影響許多人的一生，許多人的一生糾纏聯結起來，就是整個人類的命運。而一切，絕對可以只開始於偶然的偶然。

像那時，運兵車如果不是在那個小站中停了下來，就不會有以後的事發生了——自然，還是會有事發生，但必然完全不一樣。

一個因素還不夠，要是方鐵生那時不在垃圾堆中又扒又撥，也就不會有以後的一切發生了。

兩個因素也還不夠，還要加上甘鐵生正在車廂門口，無聊地站着，運兵車全是貨廂，俗稱「悶罐車」，車停了，打開車廂的門，呼吸新鮮空氣，他在身後的車廂裏，有他率領的一排士兵，在他前面，是廣袤無垠的平原，直到天腳下，才影影綽綽，有點山的影子。甘鐵生已經打過幾仗，年紀雖然輕，可是志向很遠大，望着一直向前伸延開去的大地，他正在假設自己不是一個小小的排長，而是一個將軍。

要在這一片平坦的大地上，和敵軍決一死戰，應該如何進攻，才能取勝。所以，那時候，方鐵生離他雖然只有十來公尺，他根本沒有注意到。

又一個改變命運的因素來了，那個小火車站，居然還有一個站長，就在那時候，這個老站長從那半間鐵皮屋中，探出頭來，大叫了一聲：「鐵生。」

使方鐵生和甘鐵生兩個本來完全沒有關係的人，忽然之間，變成了並肩作戰，生死與共，浴血拚命，情同手足的各種原因，到這時大致齊備了。

老站長一叫，甘鐵生排長就先吃了一驚，自然而然，把在原野上馳騁，指揮着他想像中千軍萬馬的視線，收了回來，望向那一下叫聲傳出之處——這是任何人忽然聽到了有人叫自己名字的必然反應。

於是，他看到了老站長，老站長卻並不是面向他，而是面向着一堆垃圾，還伸手向前指着，甘鐵生的視線，也自然而然循他所指看去，理所當然，他看到了方鐵生，只不過那時，方鐵生背對着他，正俯着身，用雙手在扒撥着垃圾，方鐵生看到甘鐵生，要遲上幾秒鐘。

老站長又叫了一聲：「鐵生。」

甘鐵生這時知道了，老站長叫的不是自己，是那個在掏垃圾的人。

老站長繼續叫：「別掏摸了，能有什麼吃的，也全叫野狗叼走了，能有什麼剩下的？反倒弄得蒼蠅亂飛，臭氣衝天。」

甘鐵生這時，也感到自垃圾堆中，有攻鼻的臭氣冒出來，他不禁皺了皺眉，雖然他已有相當的軍人經歷，可是在這樣的垃圾堆中，就算有什麼殘剩的食物，又怎麼能入口？看起來，好好的一個人，為什麼不設法找別的方法去填飽肚子？他的心中，對那個人，既有同情，但也有幾分輕視。

老站長話還沒有說完，方鐵生就站直身子，轉過身來，他一轉身，並不先看老站長，想來老站長的這種話，他聽過很多遍了，或者他根本不願意望向老站長，只是隨便把視線移向一處，恰好，和甘鐵生對望了一眼，甘鐵生不由自主，發出了「啊」地一下低呼。

並不是方鐵生有什麼令人吃驚的怪容貌，那時，他才十二歲，自然也沒有一臉的鬍子，令得甘鐵生發出低呼聲的原因是，方鐵生一站起來，個子極高，骨架極大，可是瘦得真不像話，露出破衣服（如果那還能算衣服的話）外的兩條手臂，簡直就是兩根又大又粗的骨頭。他的臉上，除了那一雙眼睛之外，也找不到別的什麼。

而且，一和他照面，任何人可以看出，他只是一個孩子，臉上污穢得難以形容，但仍然可以看得出，他是一個孩子，至多，說他是一個少年。

可是他個子卻已經那麼高大，看起來不相稱之至。

甘鐵生在發出了一下低呼聲之後，又深深地吸了一口氣，那個子高大的，名字可能也叫做鐵生的少年，一看到他之後，目光就沒有移動過。

甘鐵生完全可以接觸他那毫無掩飾的眼光中所表達的人類感情。

說來很奇怪，當時，只在那一剎那，甘鐵生就完全知道了這個奇怪的少年通過他的眼神，在訴說些什麼。他是在訴說他的不幸，訴說他生活的困苦，可是也告訴人，不論多麼困苦，他要生活下去，他可以接受人家的同情，但決不接受賜捨，他不是乞丐，他寧願在垃圾堆裏找又腐又臭的食物（還不一定找得到，這時，他瘦骨嶙峋的大手上，就只是提着一隻死老鼠），也不願意去乞討。他的眼神之中，有着倔強，也有着人的自尊，甚至於還包含了要求人家對他的尊重。

那種眼神，簡直勇敢之極，甚至十分高貴，又有幾分稚氣的驚喜，和他這時的外形，極不相稱，但是卻恰如其分地顯示了他的內心世界。

兩個人視線接觸的第一次，時間相當長——通常，陌生人很少有三十秒以上互相對視的時間。甘鐵生的心中，起了一種十分異樣的感覺，感到這樣骨格壯大的流浪少年，會在自己生命中起極其重大的影響，扮演十分重要的角色。

於是，他幾乎沒有考慮，就向方鐵生招了招手，同時叫他：「小兄弟，你過來。」

若干時日之後，方鐵生回憶那一剎那的偶遇，他有他的說法。

方鐵生是一個無父無母的孤兒，他父母是什麼時候去世的，他年齡太小，完全不知道，他甚至不知道自己是怎麼長大的——中國北方的民風，比較淳厚，雖然不能長期照顧，但是收留一兩天，給幾件破衣服，給點殘菜冷飯，總還做得到。

方鐵生就在這種情形之下長大，和野狗為伍，練成了什麼都能放進嘴裏、吞下去、塞進肚子的本領。也不知道是不是為了這個原因，他竟長得出奇地高大，八九歲的時候，站起來就像大人一樣高，一過了十歲，更是又高又瘦，食量也大得驚人，一天二十四小時，除了睡覺，幾乎都在為找吃的動腦筋。他找食物的辦法也真多，大多極其原始——夏天爬樹抓蟬，一抓幾百個，可以吃頓飽的，冬天挖田鼠洞，挖到了一個，不但田鼠不論大小，都進了他的肚子，洞裏田鼠儲存的食物，他自然也絕不客氣，一律接受。

諸凡青蛙、四腳蛇、野狗、野貓，一切地上爬的，天上飛的，田裏長的，樹上結的種種東西，一到他的手裏，都能化為食物。

鄉間的野狗多兇，見人就吠，揀好欺的會咬，啃吃過死屍的野狗眼睛還會發紅，可是由於方鐵生殺野狗，吃野狗實在太多，所有野狗，老遠看到他的影子，挾着尾巴就逃。

聽說，常要在鄉間趕路的婦道人家，在方鐵生的破衣服上，撕下一小塊布來，掛在身上，由於那上面有方鐵生的氣味，野狗聞到了，也會遠遠避開，以保行路人的安全。

在這種情形下長大的一個孩子，不折不扣，實實在在，是一個野孩子。

可是他自小就性子十分隨和，只有人家欺負他，他從來不去欺負人，當然，被人欺負、輕視，不加反抗是一回事，心裏絕不會喜歡被欺負輕視，又是另一回事。

所以，當他那一天，一轉過身來，看到甘鐵生的時候，最初的一剎那，本能是抗拒的。

他在若干時日之後這樣說：「鐵路上來來去去的運兵車很多，也有散兵游勇，也有整隊開拔的，見得多了，總覺得軍官也好，小兵也好，好像都是另外一種……東西……另外一種動物，和普通人不同，當兵的呼喝，打人、踢人，誰也不敢反抗。

「可是他不同，我一看到他，車廂門口，瘦瘦削削，整整齊齊，可是又那麼有自信地站着，他只是隨隨便便地站着，就好像他就是一切的主宰。

「他的眼神，開始時十分猶豫，可是一下子就變得極其……嗯……極其溫柔，從來也沒有人用這樣子的眼神望過我，在他的眼神中，我看到了他會關懷我，幫助我，那正是我從來也沒有過的……人類感情，我和他對望着，不知道為什麼，我覺得心跳加快，身子發熱，恨不得衝過去，緊緊地抱一抱他，或者是讓他緊緊地抱一抱我。

「我一直盯着他看，他也一直看着我，我全身都在發抖，當然，那種從心處發出的顫抖，人家是看不出來的，正在這時候，他開口了，他開口了……」

儘管事情已經過去好多年了，方鐵生每次，一講到這裏，還是會聲音嘶啞，顫動，情緒激動，可知他當時的情緒，不知激動到了什麼程度。

他會深深吸一口氣，然後再道：「他開口了，他叫我『小兄弟』，小兄弟，從來沒有人這樣叫過我的，真沒出息，我心裏不知多高興，可是鼻子一酸，卻眼淚滾滾，我從來也沒有哭過，難過得就算要死，揪心揪肺，我也沒流過眼淚，那是我第一次哭。」

甘鐵生一叫，方鐵生立即就向他奔了過來，甘鐵生也早已看到，這流浪少年滿臉淚痕，淚水還在不斷地湧出來，他臉上本來髒得污垢只怕有好幾重厚，給淚水一衝，有的化了開來，有的衝掉了，有的還留着，成了一塊奇特無比的大花臉。

照說，在這樣的情形之下，甘鐵生至少要問上一句：「你怎麼哭了？」可是他沒有問，因為他一眼就看出來，這個野少年並不是哭，只是在不可抑制地流淚，所有的地球生物之中，只有人才會用眼淚來表示情緒。

淚腺和腦部某些區域，有緊密的聯繫，情緒自腦中產生，或悲或喜或感動或激昂，都會刺激淚腺，湧出眼淚。

甘鐵生在這少年瞪大了的眼睛中，看到了激動的光芒，他知道他為什麼會流淚，自然不必再問。

方鐵生不想流淚，可是那不受控制——人的身體中，有着太多的完全不受腦部控制的部分，他也不去抹淚，只是當甘鐵生伸出手來的時候，自然而然，把他的手交到了甘鐵生的手裏。

方鐵生的手，其實比甘鐵生的還要大，幾乎全是骨頭，又粗又硬，兩雙手，立即緊緊相握在一起。

這兩雙手，在後來的歲月中，並沒有多大的差別，可是這時候，一雙手屬於一個年輕有為的軍官，一雙卻屬於一個無父無母的流浪野少年，相去不知多遠。可是任何那時看到這兩雙手互握的人，都不會懷疑他們的感情，都會相信在這兩雙手之間，絕不能再插進一些別的什麼。

甘鐵生先開口：「你的名字叫鐵生？鋼鐵的鐵，生命的生？」

方鐵生想回答，可是喉間不知叫什麼東西哽住了，只能發出一些奇怪的、沒有意義的聲音，他立即用力點着頭，表示肯定的答覆。

甘鐵生笑了起來，也用力點頭：「我也叫鐵生，和你的名字一樣。」

方鐵生的眼中，射出極明亮的光芒。

甘鐵生又道：「我姓甘，你呢？」

方鐵生直到這時，才迸出了一個字來：「方。」

甘鐵生自己也不知道為了什麼，心中只覺得無限高興，他望着這少年，用力搖他的手，再問：「你多大了？有沒有十五歲？」

方鐵生吸了一口氣：「十二。」

白素突然問我：「怎麼樣？」

我回答：「很好，很吸引人，不過，有許多地方，太囉嗦，太……細膩了，或許，女作家的緣故？」

在我和白素這樣對話的時候，正一起在看一篇小說，小說的題目是《背叛》，和我的這個故事一樣——事實上，要是沒有這篇題為《背叛》的小說，就絕不會有我這個題為《背叛》的故事，這一點必須說明，但是我又絕不是抄襲，只不過是小說的故事，都環繞着背叛這種人類的行為而發生。

背叛這種行為，除了人類之外，大抵在別的生物中都不存在，是很值得研究的一種人類行為，因為它在任何時間、任何地點、任何關係的人之間，都不斷在發生。

第二部

出生入死浴血沙場

白素先看那篇小說，小說的情形有點異特，它還沒有印行，而是用十分娟秀、纖小的字體，寫在特別印製的稿紙上，那稿紙上的格子極小，大約只有普通稿子上的四分之一，而每一個字，卻端端正正，清清楚楚，就在格子的中間。

小說看來相當長，因為那稿紙有很厚的一疊，比磚頭還厚。小說的來源也很特別，是白素的一個僑居外國的朋友老遠帶回來的。

那天，她那個朋友來訪的時候，我也在場，那朋友是一個女中音歌唱家，講話的聲音，悅耳之極，可是在一番寒暄之後，她講的話，卻一點也不動聽，不是為了禮貌，我早已掩耳疾走了。

她先說：「原來有人姓君的，君子的君。」

白素笑：「姓君？就叫君子，倒是一個十分別緻的名字，女性更好。」

我插了一句口：「多半又是滿洲人留下來的怪姓。」

白素瞪了我一眼：「別沒學問了，堯帝有一個老師就叫君疇，這個姓，古得很。」

我伸了伸舌頭，不敢再說什麼。

歌唱家又道：「這位女作家，姓君，單名一個花。」

我不敢說「沒聽說過有這樣的女作家」了，可是白素卻道：「名字陌生得很。」

歌唱家笑：「當然，她總共只寫了一本小說，還未曾出版，你不可能熟悉她的名字。」

她說到這裏，向我望了一眼，我一接觸到她的目光，就覺得不妙，怕她要我看一看多半是不知所云的小說稿，那可算是世界上有數的痛苦事件之一。

我忙暗中向白素打了一個手勢，要白素作思想準備，拒絕這歌唱家的一切要求。果然，不出山人所料，歌唱家接着道：「我看了，極有意思，希望衛先生也能看一看，給點意見。」

我臉上木然毫無表情，宛若戴了一張人皮面具：「我對小說批評，並不在行。」

歌唱家不肯就此退兵：「很值得一看的故事，君花說，是她的親身經歷。」

我就是在那個時候，意圖掩耳疾走的，但是我沒有走，白素瞪了我一眼，也把我想說的幾句話瞪了回去，不過，若是要我裝出有興趣的樣子來，真對不起，不是我不肯，而是我的顏面神經，七股之中，有六股不肯合作，一股起了作用，使我的口角向下垂，那樣子，不會好看到哪裏去。

親身經歷，不知有多少人，自我陶醉，或自我膨脹到以為自己的一生經歷，可以化為小說。這種小說，多半只有他們自己才看得津津有味，別人怎會要看？真要有不平凡的經歷的人，像原振俠醫生，有亞洲之鷹之稱的羅開，他們的冒險生活才是小說題材。

當然，做人不能驕傲自大，也決不能妄自菲薄，像區區在下，經歷倒也可以寫入小說的。

白素人比較仁慈，歌唱家一看到我的神情，就知道她無法達到目的了，轉而望向白素，白素一點也不猶豫，就道：「好，我拜讀。」

歌唱家大是高興，打開旅行袋，就取出了那一大疊稿件來，我瞄了一眼，看到自行裝訂起來的封面上，寫着十分好看的兩個字：背叛，儼然是鐘紹京的靈飛經體。

白素接了過來，略翻了一翻，我也看到了稿紙上寫得端端正正的字，想起了一個老笑話：有人拿原稿去求教他人，問：我的文章怎樣？人家的回答是：字寫得好極了。

這一疊小說稿，大概「字寫得好極了」的評語，是一定可以用得上的。

歌唱家坐了沒多久就走了，那時正是午飯之後，白素就開始看那部小說，我在忙我的事，到了下午兩時，我看到白素還在看，全神貫注，顯然小說的情節，對她來說，有相當的吸引力。

這不禁使我大是訝異，白素的欣賞能力極高，等閒小說，難以入她的法眼，難道這真是一篇很好的小說？我假裝咳嗽，一直咳到了第三下，她才抬起頭來，而她一看到了我的神情，就知道了我的意思：「你應該看，小說寫得十分好。」

小說稿一共分六冊裝訂，她說着，就拋了第一冊給我，這時，她已看到了第四冊了。

我接過來，開始看。

我看到的，就是寫在前面的，甘鐵生和方鐵生兩個本來完全不相干的人認識的經過。

就在我把第一冊看完，放下手來時，白素就問：「怎麼樣？」

我發表了自己的意見，也注意到，白素已經在看第五冊了。

她也同意我的看法：「是，有的地方寫得太詳細了，完全是大堆頭文藝小說的寫法，可是有的地方，寫人與人之間的關係，卻又晦澀曖昧得很。」

我取起第二冊來：「這篇小說，絕對有出版的價值，開始時我想一定糟不可言。」

白素感歎：「而且也一定是作者的親身經歷，她寫那幾場戰爭，怎麼樣在槍林彈雨之中死傷狼藉，浴血苦戰，怎麼樣在死人堆裏醒過來，身子浸在一汪子的血泊裏，唉，不是真有這樣經歷的，只怕寫不出來。」

我一揮手：「小說，主要靠想像，不是靠經歷，最明顯的證明是，經歷人人皆有，小說不是個個可以寫。」

白素歎了一聲：「有經歷又有想像，豈不更好？」

我沒有再爭下去，只是問：「如果是親身經歷，一個女人在軍隊裏幹什麼？」

白素抿了抿嘴，沒有回答我的問題，又全神貫注地去看小說。

我繼續發表意見：「小說叫《背叛》，不是很好。」

白素並不抬頭：「為什麼？這是一個很有力的小說名，帶有強烈的譴責。」

我「哈哈」一笑：「小說，好看的小說，總有一定的懸疑性，她一開始就寫了兩個鐵生的相會，當時兩人的地位相差如此之遠，但明顯地後來一個成為師長，一個成為副師長了。」

白素隨口道：「是啊，交代得很清楚。」

我提高聲音：「就是篇名不好，背叛，一看就知道，事情發展下去，是那個被甘鐵生從垃圾堆裏撿回來的方鐵生，背叛了甘鐵生。」

白素總算抬起頭來，看了我一眼：「應該是這樣發展才是。」

我一拍手：「看，意料之中，結果全知道了，好看程度自然減低。」

白素搖頭：「也不一定，你這個人，總是喜歡太早發表意見，等看完了再說可好？你雖然知道了結果，可是為什麼會有那樣的結果，總要看完了才知道。」

我悶哼一聲：「這種方法，真要作者具有超級小說寫作才能才行。」

必須說明的是，我這裏寫出來的，經過我的刪節。所以我才有「有的地方太囉嗦詳盡了」的批評，刪掉的，全是無關緊要的描寫，原作者君花，在寫到那個垃圾堆時，用了至少一千字來描寫它，全叫刪掉了，垃圾堆就是垃圾堆，再怎麼形容，它還是一個垃圾堆。

還有，許多無關重要的經過，也給我刪掉了。例如，甘鐵生帶着方鐵生去找團長，叫方鐵生謊稱已經十七歲，求團長把方鐵生編入部隊時，就有大段寫團長如何不肯答應的經過，結果還是答應了，那一大段，就變得多餘了。還有許多打仗時的描寫，也一概屬於「囉嗦」之列。

所以，在我又開始看他們的故事時，在第二冊，方鐵生已經穿上了軍裝，成為甘鐵生這個排所在連的一個傳令兵——在這裏，再把故事濃縮一下。

方鐵生加入軍隊之後，不到一個月，就開赴戰場，他們的那個團中了埋伏，被敵軍以三倍以上的兵力包圍，而且地形對他們極其不利，在一半以上的官兵戰死之後，團長下令，各單位自行突圍，逃出一個是一個——整個團在那時，已經潰不成軍了。在各種各樣武器彈藥的爆炸聲中，就是傷兵的鬼哭神號，又是在一個星月無光的夜晚，戰場所在之處，簡直就是十八層阿鼻地獄。

在一下近距離的炮彈爆炸所發出的火光中，正在地上爬行的甘鐵生，看到了在自己身邊，方鐵生背上負着一個人，那人看來受了傷，方鐵生正在艱難地向前爬着。

兩人的身上全是血，也不知道是誰的血，也許都不是他們兩個人的，因為根本遍地都是血，凡是低窪處，可以聚血的，都是濃濃的血。

甘鐵生連忙加快移動，移到了方鐵生的身邊，雖然天色很黑，而且是在那樣混亂的情形之下，可是兩人一接近，方鐵生就像是知道接近他的是什麼人，喘着氣，伸過手來，和甘鐵生的手相握。

甘鐵生問：「你揹着什麼人？」

方鐵生的聲音，聽來有少年人不應有的乾硬：「不知道，全身上下都是血，可是沒有死，總得帶了他走，帶不了那麼多，唉。」

槍聲一響，多少老兵，在粹然被襲的情形下，都會倉惶失措，可是方鐵生這個少年新兵，卻出奇地鎮定。事後他對甘鐵生說：「我還以為打仗是多麼高深的事，原來就是要在不可能的情形之下，想盡方法活下去。嘿，我一出生就是這樣活的，那有什麼難。」

這一仗打下來，整個團，大約只有十分之一的人逃出了包圍，其餘的，全被殲滅，損失自然慘重之極，僥倖生存下來的人之中，也大都有點傷，只有甘鐵生和方鐵生兩個人是奇蹟——竟然一點傷也沒有。

而當天色大明，到了安全地帶，友軍趕到支援時，方鐵生一直揹着那個傷兵，他把那傷兵揹在身上的原因，是因為他在死屍堆中爬行，經過那傷兵的時候，那傷兵的傷可能不重，雙臂一圈，緊緊抱住了他的左腿，方鐵生先是拖着他爬出了幾步。

在這樣混亂危險的情形下，自己顧自己還來不及，但是方鐵生年紀雖小，人卻很有俠義胸懷、慈悲心腸，他把那人拉到了自己的背上，負着他向前爬，那人只是啞着聲說了一句「謝謝你」之後，也沒有再說過什麼。

安全了，把傷兵交給了照顧傷兵的部隊時，那滿身血污的傷兵，突然伸手，抓住了方鐵生的手腕：「你真勇敢，你會是天生的將才。」

甘鐵生和方鐵生兩人這才看清那傷兵是誰，他們兩人一起驚叫了起來：「團長。」叫方鐵生背負了好幾里地，死裏逃生的那個傷兵，竟然就是他們那個團的團長。

團長養了半個月傷，部隊補充、整編，也已經痊癒。全副戎裝，精神奕奕的團長，和死屍堆裏滿是血污的傷兵，自然大不相同，他召來了甘鐵生和方鐵生，搓手，指着甘鐵生：「你簡單，升你做連長就行。」又指着方鐵生：「你就叫人心煩，才當兵，總不能升得太快。」

甘鐵生早已有了腹案，別忘了他是文武雙全的，他立時道：「團長，我也不要升連長，仍舊當我的排長，他，就當我的副排長，這樣安排，大家都滿意。」

團長用十分驚訝的眼光望着他們，尤其盯了甘鐵生半晌。從排長升連長，連跳兩級，這在低級軍官的升遷上，是相當難得的異數。

可是甘鐵生為了遷就方鐵生，竟然肯犧牲這樣的機會，這兩人之間，感情之深厚，至少是甘鐵生對方鐵生的感情之深厚，也可想而知。

當團長注視他們的時候，看到他們兩人互望着，目光的交流是那樣暢順自然，根本分不出那是兩個人的目光，看來就像是一個人，而有兩雙眼睛一樣。

他們兩人的手，也自然而然握在一起，證明他們都絕沒有別的意念，所想的都是一樣的，從此之後，不論人生的道路如何崎嶇不平，他們兩人，都將互相扶持，攜手並進，兩個人，會親密得猶如一個人。

團長的文化程度相當高，也隱隱以儒將自命，看了這種情形，心中十分感動，伸手在他們兩人肩上重重各拍了一下：「好，先就這樣。」

甘鐵生和方鐵生兩人，各自一挺胸，鞋後跟「拍」地一聲靠攏，行了一個軍禮，甘鐵生大聲道：「報告團長，有一個要求。」

團長作了一個「只管說」的手勢，甘鐵生道：「以後，我只當正職，副職就——」

他沒有講完，方鐵生已經叫了起來：「副職就由我來擔當。」

團長先是一怔，但接着，就「哈哈」大笑起來：「好，好，等你們愈升愈高，這件事，一定可以在歷史，成為軍隊中的美談。」

事情就這樣決定了，新整編的一排士兵，雖然覺得他們的副排長年紀輕了一些，可是再怎麼猜，也猜不到他會只有十二歲。

就算本來還有不服的，一場仗打下來，方鐵生副排長一聽得衝鋒號響，像是出柙的猛虎一樣，向前猛撲的情形，人人皆見，這樣的勇士，誰敢不服？

有一次，他衝得實在太快，竟然一下子越過了敵軍據守的壕溝，要轉過身來，自敵軍的背後掃射。

方鐵生打仗勇，甘鐵生也勇，不但勇，而且有謀，他們兩人，幾乎形影不離，不到半年，就成了連長和副連長，又一年半，在戰禍連天的災情之中，唯一得益的似乎就是軍官，他們成了營長和副營長。

兩年的時間，對於甘鐵生來說，並沒有什麼變化，可是發生在方鐵生身上的變化，簡直驚人。

甘鐵生仍然瘦瘦削削，看來文質彬彬，像書生多於像軍官。可是本來已經個子高大的方鐵生，卻又拔高了大半個頭，比甘鐵生高得多，而且，軍隊裏的食物好，連長、營長都是不大不小的官，少不了大魚大肉的吃喝，營養一好，套句北方土話，「人就容易長膘」，他變得極其壯碩，而且他天生好動，空下來沒事，當甘鐵生不要他學文化時，他會滿山遍野亂走。

別說是鹿、羊這種弱獸，什麼時候，叫他遇上了猛獸，只怕他也能三拳打死一頭吊睛白額虎。

方鐵生的年紀還是小，可是已經是一條凜凜的大漢。

他仍然和甘鐵生形影不離，升他們為營長、副營長的時候，連司令官都特地下來看他們，不論是高級將領也好，是他們手下的士兵也好，都能在他們的身上，看出他們心靈交流的那種和諧，而且幾乎是自然天生的，這樣的兩個人，就像是擰在了一起的鐵枝，自在洪爐火中鍛煉過，都溶在一起了，哪裏還有什麼力量可以分得開。

司令官着實嘉勉了他們兩人一番，直到這時，方鐵生才透露了自己的真正年齡：十四歲的營長，能叫敵軍聞名喪膽，衝鋒陷陣如有神助。

當司令官用「如有神助」來形容方鐵生打仗幾乎無往不利時，方鐵生笑着——別看他是那高大壯碩的漢子，可是在笑的時候，還帶着稚氣的嫵媚，他說：「不是有神助，是有營長在助我。」

司令官稱奇：「你是怎麼參軍的？」

方鐵生高興得呵呵大笑：「我是營長從垃圾堆撿回來的。」

司令官起先愕然，聽了結果方知端的，又連連稱奇。自此，方鐵生就把這一句話牽掛在口邊，以表示他對甘鐵生全心全意的感激，可是甘鐵生卻從來沒有居過功，表示過什麼，每當方鐵生這樣說，他都要笑說：「別胡說八道，嘴邊都長毛了，不是孩子了。」

從十五歲那年開始，方鐵生的腮邊頸下，就開始長出密密層層的鬍子來，開始他努力剃着，可是愈是努力剃，就長得愈是快，又一年之後，他放棄了剃鬍子，留起來，他就成了一個威風凜凜的虬髯大漢。

再兩年，甘鐵生和方鐵生，成了團長和副團長，那已是相當高級的軍官了。在袍澤同樂會上，演出《風塵三俠》，團長甘鐵生飾李靖，副團長方鐵生，順理成章是虬髯客，這次演出，雖然只是晚會中的一個節目，對別人來說，至多留下一個深刻的印象。

可是，這次演出，對甘鐵生和方鐵生來說，可能形成了一種難以估計，極其深刻的影響，而是不是有這種影響發生過，實在無法肯定。

我看完了第二冊，立時抓起第三冊來，想看看一場普通的軍中同樂會的演出，為什麼會對甘鐵生和方鐵生兩人，有深遠之極的影響，而且，作者還像是不能肯定，寫得模模糊糊，語焉不詳，叫人心急想看下去。

可是第三冊一開始，卻完全去敘述另外一些事，把演出《風塵三俠》一事，放下不提了。

我悶哼了一聲：「那算什麼，演了一場戲，會有什麼影響，提了一下又不提了，後面有沒有交代？」

那時，白素已經在看最後一冊了，她的回答，和不回答一樣：「可以說交代了，也可以說沒交代。」

我提高聲音：「這算什麼話？」

白素笑了一下：「這是小說作者的高明處，若有若無，若虛若實，叫人捉摸不定，你愈是性急，作者愈是在暗中偷笑，這叫作寫小說的欲擒故縱法。」

我向她一鞠躬：「領教了，女金聖歎。」

白素忽然歎了一口氣，把還剩下少許的最後一冊掩上。她這個動作，大有古風，喚着「掩卷吁」，有典故的，蘇轍的詩，就有「書中多感遇，掩卷輒長吁」。

白素這時候，忽然長歎息，自然是被小說中的情節感動了的緣故。

以前，我性子極急，看小說，尤其是懸疑性強的，總不能循序看完，而要先去翻後面，先知道了結果再說。我常和白素一起看小說（兩個情意相投的人，靠在一起看好小說，是人生至樂之一），她就不止一次地說：「像你這種看小說法，是一個壞習慣。」

白素說話絕不會重，她說「壞習慣」，那已經是十分重的措詞了。而她既然認定了那是壞習慣，就着手糾正我，方法是把書的後小半篇藏起來。她藏東西的本事十分大，再也找不到，那就只好循序看下來，久而久之，壞習慣也早已不存在了。

這時，我盯着還在她手上的第六冊小說稿，真想一伸手就搶了過來，目的，自然是先看結果。

在看過了的兩冊之中，作者在每一次都強調甘鐵生和方鐵生兩人感情的和諧自然，不可能出現任何裂痕。我還十分可以肯定地看得出來，作者用十分隱晦難明，乾澀不清，曖昧模糊的筆法，寫了兩人之間的感情，已經超越了男人和男人之間的友情，而形成了男人和男人之間的戀情。

男人和男人之間的戀情，在那時候，在保守的中國北方，在軍紀嚴厲的軍隊中，可能十分陌生，但這種行為，到現在，已經十分普遍，那就是人人都知道的「同性戀」。

如果甘鐵生和方鐵生之間有戀情，那更不可能有背叛這種行為發生，我想把第六冊抓過來，看看究竟是誰背叛了誰，為了什麼原因。

我的手向前伸了一伸，又想起壞習慣戒掉了，就不應該復發，所以又縮回手來。

白素抬頭望向我，她自然一眼就可以看出我想幹什麼，她的反應十分奇特，既不是把稿紙給我，也不阻止我去取，只是緩緩搖着頭：「沒有，一直寫到完，只寫了背叛的事實，並沒有寫理由。」

我怔了一怔：「不信，如果是那樣，那算是什麼好小說？」

白素側頭想了一想：「作者留下了許多許多問題，沒有一個答案。可是每個都足以令人深思。」

我道：「什麼問題？」

白素歎了一聲：「等你也看完了，我們一起討論。」

她說着，又拿起稿紙來，翻閱着最後的幾頁，皺着眉，也不知道她看到了些什麼。

第三部

一個故意被抹去了的人

我且不取第三冊看，只是留意着白素的神情，看她把稿紙一張一張翻過去，翻到了最後一頁，然後又長吁一聲，把手放在那疊稿紙之上，抬起頭來：「這篇小說，其實沒有寫完。」

我用眼神詢問，她道：「小說只是寫了背叛這件事，而完全沒有提到為什麼會有背叛發生，只是提出了問題。」

我想了一想：「作為一種寫作法，小說也可以這樣寫，例子很多。胡斐那一刀，是不是應該砍向苗人鳳，就是千古奇謎。」

白素笑了起來：「不同，從這個故事看來，還有一個很重要的人物，可能是導致整個事件發生的人物，沒有出場，故意避去，但是由於地位實在重要，所以又有點蛛絲馬迹可尋——」

我不等她講完，就叫了起來：「別說了，那不公平，你已經看完了，我才看了三分之一，所以我不明白你說的話。」

白素「啊」地一聲：「對，我倒忘了。小說作者對背叛這種行為，和叛變分開來，也很有意思。」

我點頭同意：「是啊，反叛、叛變，只是一種行為。背叛，又有背，又有叛，是兩種行為，所以才卑劣無比。反叛不算是壞行為，只要不是在暗中進行。」

白素揚了揚眉：「有時，為了環境所逼，不得不先在暗中進行呢？」

我搖頭：「我不知別人怎麼想，我最不能容忍的是在背後偷偷摸摸地搞陰謀詭計。」

白素想了一會，把第三冊稿紙遞了給我，我打了開來，看得很快，因為在那一冊之中，寫的一半是甘鐵生和方鐵生的戎馬生涯，一面也寫他們兩人之間的交情，始終不變，甘鐵生升了團長，方鐵生是副團長。

給白素提醒了之後，我在看的時候，也隱約感到，在方鐵生和甘鐵生之間，似乎另有一個十分神秘的人物在，這個人物，若隱若現，難以捉摸。當然，那正如白素所說，是作者故意避免提及的。

但是，作者寫的，又幾乎全是事實經過，所以，雖然故意，十分小心地避免提及那個人，還是有一點迹象可尋——自然，若是看得粗心大意，難以發現這一點，若是叫我一個人來看，就不一定看得出來。

白素心細如塵，自然容易看出來。

以下，舉一些例子，並且加上我和白素的討論。

自然，舉的例子不必太多，不然，各位看的，就不是衛斯理故事，而變成兩個鐵生的故事了。

例子之一，是那次演出。

那次軍中演出的劇目是《風塵三俠》，誰都知道，那是寫隋末大臣楊素的家伎紅拂女，見到了李靖這個青年豪俠，就夤夜私奔，和李靖結成夫婦，後來又遇上了江湖大豪虬髯客，三人並肩作戰，逐鹿中原，爭奪天下的故事。風塵三俠，就是指虬髯、紅拂、李靖三人而言。

在那篇小說中，第二冊結束時，寫了有這樣的一次演出，並且說「十分重要，對甘鐵生和方鐵生來説，形成了一種難以估計，極其深刻的影響」，可是又自相矛盾地説：「是不是有這種影響發生過，實在無法肯定。」

但在第三冊一開始，就完全不再提。

一直到六冊稿紙看完，再也沒有提起這場演出，若不是作者曾強調過，這樣的一個小情節，比起小説中許多驚心動魄的戰場上明刀明槍，間諜活動的爾虞我詐來，簡直微不足道。

可是作者既然曾那麼重視這場演出，卻又提了一下之後，再也沒有了下文，這就有點不尋常。

我在看完了全部稿紙之後，最先提出來和白素討論的，就是這個問題。

白素一聽我提出了要先討論這個問題，她也同意，並且説：「別心急，我們從頭設想起，設想我們當時，是在這個團中。」

我指着自己的鼻子：「我是排長。」又指着白素：「你是副排長。」

白素瞪了我一眼：「擬於不倫。」

我笑了起來：「不是所有軍隊中的排長和副排長，都和那兩個鐵生一樣。」

白素的神情嚴肅起來：「也沒有確實的證據，證明他們兩人是同性戀者。

我哈哈大笑：「你這個副排長，是女扮男裝來當兵的，現代花木蘭，這可以了吧。」

白素也笑了起來：「別扯開去，假設那天同樂晚會，我們在場，情形會怎樣？」

我吸了一口氣：「一千多人，自然都席地而坐，多半是在駐地附近的空地，戲台草草搭成，長官坐的凳子，在鄉民處借來，台上的照明，至多是「氣死風燈」，嗯，或者軍隊中自己有發電機，那就會有電燈照明。」

白素微笑：「團長副團長上台演戲，台下的各級官兵，自然氣氛熱烈。」

我接下去：「這種軍中的同樂晚會，一切不可能太講究，音樂過場，當然也從官兵中找出來，唱的人荒腔走板，也不會有人留意，那真正是緊張之極，生死繫於一線的軍人生涯中的一個短暫的休止符。」

白素吸了一口氣：「沒有說明唱的是什麼戲。」

我一揮手：「我猜是豫劇，因為小說中提到的幾處地名，都在河南省——不過，是什麼劇種，一點也不重要，知道演的是《風塵三俠》就夠了。」

白素道：「軍隊中，也不會有什麼行頭，多半是把被子拆掉了披在身上，塗點油彩就算了。」

我想到這種因陋就簡的演出，在浴血拚命的軍旅生涯之中，可以造成一種極大的樂趣，也不禁有點悠然神往：「紅拂女手中的那只紅拂，多半是用衛生隊的紅汞水染紅的了，好在方鐵生的虬髯倒是現成的。」

我說了這句話之後，我們兩人都靜了片刻，因為知道已到了問題的核心。

讀者諸君自然也應該注意到了，有一個應該被提起，當時肯定應該在場的人，可是卻一個字也沒有提到過他。

我先開口：「甘鐵生的李靖，方鐵生的虬髯客，誰的紅拂女呢？」

白素用力一揮手：「就是這個人，小說作者竭力想避開不寫，但又明顯地存在的，就是這個那天晚上飾演紅拂女的那個人。」

由於作者曾十分明顯地寫出了那晚的演出，對兩個鐵生都有重要之極的影響，所以我同意了白素的意見，我道：「這個人能演紅拂，年紀不會太大。」

白素「嗯」地一聲：「這個人，是男，是女？」

我躊躇了一下，在台上，紅拂當然是女性，但是中國傳統的地方戲曲，習慣「反串」，男扮女，女扮男，全無規律，那麼，這個人的性別就很難確定了。

本來，若是這個人的出現，對兩個鐵生有重大深遠影響的話，那麼，是女性比較合理。

兩男一女的組合，可以變化出無數故事來，悲歡離合，纏綿銷魂，黯然淚下，興高采烈，皆在其中，古今中外所有發生過的事和未發生過的事，幾乎都可以包括在內。

那個人應該是女性。

可是，考慮到兩個鐵生之間，可能有着同性戀的關係，那就不能以常理度之，同性戀者對女性沒有興趣，兩男一女的組合，如果是這樣的話，那就一點問題都不會發生。

兩男同性戀者加一女。

可是兩個男人之中，如果有一個是雙性戀的呢？自然問題比正常的兩男一女，更加複雜了。

可是再複雜，也還複雜不過三個男人，都是同性戀者。

因為同性戀的男人，有不少忽而在心理上當自己是男人，又忽而當自己是女人，變化莫測，三個這樣的人在一起，關係之複雜，只怕筆算算不出來，要動用電子計算機才能算得清楚。

由於作者曾如此強調這次演出的重要性，可知事情演變到後來，一定更複雜，那麼，這個演紅拂女的，由一個男人來反串，也有可能。

我想了好一會，才道：「應該說這個人是男人，因為軍隊裏，有女性的可能性不大。」

白素不以為然：「衛生隊會有女護士，也有女的通訊兵，或許，又不一定是部隊裏的。」

我道：「假如還有點線索，應該可以推定這個人的性別，和他在兩個人之間起了什麼作用？我看第四冊中的那一段，相當重要。」

她翻動着稿紙，指着她所說的那一段。我在那時，已經把六冊原著全看完了，所以，我一看就知道那一段內容。

那一段是寫在一次戰役之後的情形，和前面介紹的方法一樣，把它介紹出來——要作說明的是，前面介紹到了第二冊，第三冊全部，和第四冊的上半部，都不是十分重要，所以略去了。

甘鐵生站在高地的頂上——應該說，他站在高地頂上的一個坑中，那土坑齊胸深，黃土高原上的土地，本來是耀目的黃色，可是這個土坑卻焦黑，還冒着令人噁心的臭味，因為它是許多炮彈擊出來的。

兩小時前，當甘鐵生用望遠鏡觀察這裏的時候，這裏是敵軍建造的一座碉堡。

而兩小時後，在鐵軍的進攻之下，碉堡變成了一個深坑，鐵軍的指揮者，以勝利者的身分，躍進了土坑，挺立着。

整個高地上，都是響徹雲霄的呼叫聲，也很難分辨那是歡呼還是悲嗥。總之，是許多人在面臨死亡之後，生命又暫時得到存在之後所發出的呼叫。心理學家怎樣分析這種呼叫聲，這裏沒有一個人知道，可是在這裏叫的每一個人都知道，他們要盡情叫，盡情喊，把他們心中壓抑的歡樂和悲痛，憂思和慘情，一起發泄出來，不那麼做的話，他們就會像炸藥包被點燃引線之後一樣炸開來，溶進空氣和塵埃之中。

戰場上的這種呼喊號叫，不但會在攻克敵陣，取得勝利之後發生，也會在慘敗之後，退到了可以喘一口氣的時候發生，更可以在沉睡中發生——熟悉軍旅生活的人，都知道「炸營」是怎麼一回事。

（「炸營」是一種很可怕的現象，成千的士兵，可以在酣睡之中，忽然大聲呼喊着聚集在一起，如同千百個鬼魅一起從地獄的深處衝了出來，他們所發出的呼叫聲，可以傳出好幾十里之外，還令人聽了心悸肉顫。）

中午來自師部的命令，到達了甘鐵生團長的手上：「限明日日出之前，攻克七號高地，違令者營長以上，軍法從事。」

七號高地必須攻克，這是他們全團上下，人人皆知的事情，連那個老炊事員，也一直在念的：「叫天兵天將，把這高地剷平了。」

七號高地能否攻佔，是這個戰役能否勝利的關鍵。高地在敵人手裏，被敵方控制着進攻的咽喉點，無法通過，無法渡河，整個部隊（兩個師）就只好坐以待斃，等敵方優勢部隊結集之後就被殲滅。

敵方優勢部隊正星夜行軍，趕到戰場來，在連攻了兩天，未能攻佔七號高地之後，接到了師部這樣的命令，合理之極。

甘鐵生在傳令兵的手裏，接過了命令，看了看之後，捏在手裏出神，他站在戰壕裏，向前看去，他所佔的位置，距離高地上那個碉堡正面對他的機槍孔，直線距離是一百八十七公尺，理論上來說，衝起鋒來，連攀上高地，所需的時間只是四十秒，可是實際上，兩天兩夜了，他連十公尺也沒有推進。

敵軍在七號高地的那碉堡上，佈置了一個重機槍連，有二十挺火力極強的重機槍，火力猛，射程遠，而且，有似乎用不完的子彈，細細長長的，呼嘯飛射而來之際，像是魔鬼怪叫着撲人而噬的長牙般的機槍子彈，已取走了他四十多個戰士的性命。

要命的是，那四十幾具屍體，就攤在戰壕和高地之間，曾有七個勇士，不顧一切衝出去，想把同胞的屍體搶回來，結果，是在兩者之間，多了七具屍體。甘鐵生明知這些屍體攤在部隊面前，對士氣是一種難以形容的打擊，但是他還是下令：不准再去收屍。

高地並不高，只有四十多公尺，是橫亙在平地上的一個莫名其妙的花崗石崗子，那可能是一座極高的高山的頂巔，只不過整座山全埋在土下，只有那麼一個山頂，露在土外，形成高地。

甘鐵生率部來到的時候，就曾想到過，這個不知多少年之前，不知由什麼原因形成的一片高地，自從人類有了戰爭這種行為之後，不知道被多少敵對的雙方，用各種各樣的武器，和各種各樣的機謀攻陷佔領，堅守頑抗過。

如今，輪到了他和守軍來作對峙。

若干年之後，當這種情形有重複的時候，自然不會有人想起他，就像他不知道過去曾在這裏對峙拚命的是一些什麼人，和為了什麼要拚命一樣。碉堡並不大，碉堡之後，另有一排戰壕，看來高地的上面，也是泥土。

就那樣一片高地，扼守了險要，控制了整個局勢。

當甘鐵生瞇着眼，額上綻着青筋，盯着高地看着的時候，方鐵生在他的身邊（方鐵生幾乎無時無刻不在他的身邊），伸手把命令接了過去。

這時的方鐵生，已經認識很多很多字，甚至可以看很多很多書了，他看了命令，抿着嘴（由於他長髯太濃，把他的口部全遮住了，所以這個習慣性的動作，別人是覺察不到的），聲音低沉：「我們沒有炮兵支援，沒有空軍轟炸，沒有專業工兵。」

這一切，全是他在看了很多軍事方面的書籍之後學來的知識。

他說一句，甘鐵生就用一下「嗯」來作回答。

方鐵生的聲音更低沉：「唯一的方法，就是帶炸藥包上去，把碉堡炸掉。」

方鐵生的這種提議，若聽到的是別人，一定會「哈哈」大笑——這種方法誰不會提，問題在於如何能夠把炸藥送上去。

可是甘鐵生聽了，卻並不發笑，他知道，打仗的時候，方鐵生向來少出主意，但是他如果出了主意，就必然有可行之道。

所以他把視線從遠處收回來，投向方鐵生威武無比的方臉上，方鐵生目光炯炯：「帶十個人，連我，天一黑，全力攻擊作掩護，佯攻，十一個敢死隊裝死屍，就整夜時間，逐寸向前移動，只要一到離高地十公尺處，就是射擊死角，可以衝上高地去，每人帶四包炸藥，高地上有三個機槍連也完了。」

方鐵生講話十分簡潔，甘鐵生一面聽，一面迅速地轉着念，也立即下了判斷。方鐵生提供的進攻計劃，幾乎是唯一可行的計劃。

空地上本來已有四十多具屍體，在又一次搶攻失敗之後，再多上十來具屍體，那是極自然的事，而這些屍體，以極緩慢的速度移動，在月黑風高的夜裏，守軍的警惕性再高，也不容易覺察，而只要一到了高地上射擊的死角，簡直就可以說勝利了。

然而問題在於，進攻必須是真進攻，在真進攻之下，守軍必然集中火力還擊，本來想假死的，可能變成真的屍體。其次，詐作屍體成功，在向前移動之時，必須極度小心，只要其中一個被發覺，那麼守軍一開火，其餘的假屍體，也就一樣變成了真屍體。

甘鐵生在思索着，方鐵生已經知道他在想什麼：「十一個人，只要有一半可以裝死，也就成功了。人多了，白犧牲，也未必有用。」

甘鐵生深深吸了一口氣，緩緩點頭：「很好的進攻計劃，但沒有讓團長帶領敢死隊衝鋒的道理。」

方鐵生一挺胸——他身形本就魁偉之極，這一挺胸，更是氣概非凡：「不身先士卒，何以率軍？」

甘鐵生等的就是這一句話，立時伸手在方鐵生的肩頭上重重一拍：「對，我是團長，身先士卒的應該是我，你負責指揮攻進高地之後的戰事。」

方鐵生張口結舌，甘鐵生一字一頓道：「這是——」

他的這句話，當然應該是「這是軍令」，可是「軍令」兩字，並沒有出口，旁邊就有人接了上去：「我去，我帶敢死隊去。」

小說寫到這裏，真可以說是異軍突起。兩個鐵生是生死的交情，帶領敢死隊，在毫無掩蔽的曠地上，至少暴露在敵軍的火力網之下六七小時，而且還要逐寸地向前移動，能夠移到火網的死角，至多只有一半機會。

等到他們可以向上攀緣衝鋒之際，雖然已經有了成功的希望，但是死於敵軍強力火網之下的機會，也一樣大大的增加。

這樣的強攻任務，說是一次九死一生的作戰任務，一點也不誇張。兩個鐵生爭着要去當領隊，那是一種十分悲壯的場面，表示了他們真正有着生死不渝的交情，誰都寧願自己去粉身碎骨，而不願對方去冒險。

在這樣的情形下，居然有人接口說「我去」，那麼這個人，必然不是無關重要的人物，至少，在地位上和兩個鐵生相去不會太遠，而且，一定也是一個不折不扣的勇士，再加上，還必須是當兩個鐵生在商討軍務大計時可以隨便參加意見的人。

這個人，是不是一直就和兩個鐵生在一起？以前，從來也未見提及過。所以我當時，看到這一段時，就有異軍突起之感。

可是妙的是，小說在以前沒有提及過這個人，在以後，仍然未曾提及過這個人，彷彿他出現，就為了講那麼一句話，而在這個人講了那一句話之後，應該本來是兩人之爭，變成三人之爭的，卻也沒有了下文，接下來，就寫佯攻展開，在佯攻被守軍的火力壓下來之後，壕溝和高地之間的空地上，多了十七具屍體。

請看接下來的那段，就可以知道奧妙的所在了。

雙方的槍聲靜了下來。

一剎那間，是極度的靜寂。進攻在七時零五分開始，現在的時間是七時二十一分。

極度的寂靜只維持了半分鐘，高地上那座堡壘的槍口，又傳出了驚心動魄的呼嘯聲，黑暗中看來，重機槍口噴出來的火光，閃耀得叫人睜不開眼，子彈像暴雨一樣，灑在曠地上。

伏在壕溝中的甘鐵生和方鐵生互望了一眼，都知道守軍的指揮官，是一個厲害的腳色，他又補了這一輪射擊，是肯定進攻方面，是不是真的停止了進攻。

而這一輪補充的發射，就有可能阻止了整個進攻計劃的發展。

兩個鐵生的心情緊張之極，他們已經數出，多了十七具屍體。

經過千挑萬揀，又出破格的重賞——「一年糧晌兩級提升三月長假」，敢死隊員一共是十一人，當然全在如今的十七具屍體之中。

在這十一人中，多少成了真的屍體？多少還活着？

第四部

晦澀文章隱藏謎團

活着的人，必須極其緩慢地向前移動，他們不能動手，不能動腳，不能昂起頭來，只能利用胸部和腹部的肌肉，和地面接觸的部分，技巧地收縮或放鬆，來使身體作向前的移動，和蛇利用腹肌的蠕動而前進相仿。

甘鐵生雙眼盯得痠痛，似乎沒有一個死屍移動過，他幾乎絕望了，要是全犧牲了，那麼，就是這個偷襲的計劃失敗了。

偷襲計劃失敗，天明之前，就絕拿不下這個高地來，「軍法從事」，團長，副團長，一二三營三個營長，只怕全都會因「作戰不力」的罪名而處決。

他緊緊捏成拳的右手，手心中全是汗，就在這時，方鐵生的大手伸了過來，兩個人的手，立時手指交纏，緊握在一起，方鐵生的手中也全是黏黏的汗。

方鐵生的聲音有些發顫：「已經有七個……又一個移動了一下，八個了。」

甘鐵生忙道：「我怎麼一點看不出來。」

方鐵生吸了一口氣：「我小時候，曾多次長時間在黑暗中伺守獵物，所以對於環境的輕微變化，都可以覺察——啊，又有一個動了……兩個……天……三個……天，十一個……竟全活着，這……這……」

方鐵生說着，身子劇烈發起抖來，兩人的手也握得更緊，汗也流得更多，他們又是緊張，又是高興，自然而然，同時頭和頭，不輕不重地碰撞了一下。

我拍打着稿紙：「這一段文字，字數不多，可是寫得曖昧之極，不知隱藏着多少秘密。」

白素道：「是，兩個鐵生都在壕溝裏，率領敢死隊的是什麼人？」

我把稿紙翻回了幾頁：「當然就是那個突然說「我去」的人，也就是作者用盡心機，要把他隱藏起來，可是又不能不在某些地方露出馬腳來的那個人。」

白素向我望來：「那個人，也就是在《風塵三俠》之中，演紅拂女的那個？」

我聽了之後，不禁呆了一呆，因為實在很難把戲台上一個踩着碎步，尖着喉嚨，扭扭捏捏唱着的花旦，和如此生死一線，浴血苦戰的沙場上的敢死隊長聯在一起想。

我只是道：「有可能。」

白素改正我的說法：「太有可能。」

我沒有說什麼，只是做了一個自己也不明白代表了什麼的手勢——我思緒十分紊亂，我和白素，曾討論過那個「紅拂女」的性別，難以有定論。

但如果「紅拂」和敢死隊長是同一個人的話，那麼，似乎應該一定是男人，總沒有理由在那麼緊急的情形之下，由一個女人去擔任敢死隊長的。那麼，問題又來了，這個團，有着甘鐵生團長、方鐵生副團長這樣的勇士，敢死隊長，照說一定是他們兩人中的一個，「那個人」說了一聲「我去」之後，誰當敢死隊長，一定曾有激烈的爭論，「那個人」是憑了什麼行動，才當上了敢死隊長的？

照小說裏一直寫下來的兩個鐵生的性格來看，他們實在沒有可能把這麼重要的一個任務，交給另一個人去擔任，除非他們兩人對這個人，有極度的信任，而這個人又有極充分的理由，還要有適當的職位。

我和白素想到的都是同一個問題，經過分析推斷，剩下的問題只是一個。這個人是什麼人？和兩個鐵生是什麼關係？

我們互望了一眼，都知道心中有同樣的問題，但又都沒有答案，所以也不必說出來了。

我乾咳了幾聲：「甘鐵生和方鐵生在戰壕中等待，心情自然緊張，可是他們兩人的動作，好像有點古怪？」

白素同意：「豈止有點，簡直古怪，你看：兩個人的手，手指交纏，緊握在一起——」

當她這樣在念小說中所寫的動作時，我們兩人都同時伸出手來，每個手指相間，照小說所寫的那樣，緊握在一起。

我和白素是多年的夫妻，從初戀起到如今，感情一直如水乳交融，這種動作，我們不知做過多少次了，這時雙手緊握，也自然之極。

白素道：「從小說裏看來，兩個鐵生這樣握手，也像是十分自然。」

我「嗯」地一聲，已經知道白素接下來想問我什麼了，果然，白素向我斜睨了一眼：「你也有不少極親近的同性朋友，你可曾和他們有過這樣的動作？」

我不由自主，打了一個冷顫：「沒有——但會不會人在戰場上，生死一線，感情特別容易激動，也就自然有些不正常的行為？」

白素用十分鎮靜和肯定的聲音道：「兩個鐵生之間的關係十分曖昧，我不排除他們會是同性戀者的可能。」

我苦笑了一下，兩個鐵生是同性戀者，這一點，在整個小說中，可以找到證據處太多了。小說作者沒有明寫，甚至也沒有暗示，只是在許多地方，寫得一定很真實，所以才叫細心的人，可以看得出來。

我們互望着，白素又道：「整部小說中，都以兩個鐵生為中心，另外一個重要人物，被故意隱略，這個人物……你有沒有注意到，事情應該是那次演出後開始，也就是說，這個被隱略了的人物，是當甘鐵生升任團長之後，才介入兩個鐵生的生活的？」

我同意：「小說中有明顯的提示，應該是這樣。」

白素側頭想了一會：「在軍隊裏，一個團，團長副團長之外，重要的是什麼人？」

我也想了片刻：「很難說，看是什麼編製的軍隊。一些由政黨控制的軍隊，還有『政治委員』這樣的職位，地位甚至在團長之上。」

白素道：「通常的編製，有一個職位是必然不能少了他的。」

我「啊」地一聲，用力在桌上一拍：「參謀長。」

白素點頭：「這部小說中有一個極怪異的現象，它內容幾乎全然是描寫軍隊中的事，有的地方，甚至寫得詳細之極，可是從頭到尾，即使在後來，兩個鐵生成為師長和副師長之後，也沒有出現過『參謀長』這三個字。一個師的軍隊編製之中，沒有師參謀長，這是絕對說不過去的。」

我又拍了一下桌子：「這就叫欲蓋彌彰，這個故意被略去的人，一定是團參謀長，後來也成了師參謀長的。對了，那個人是甘鐵生升團長之後才認識的。因為營的編製，沒有參謀長。」

白素眉心打着結：「真怪，為什麼不提呢？」

我打了一個「哈哈」：「或許像《紅樓夢》一樣，要把『真事隱去』？」

白素竟然立刻同意：「顯然是，我們可以肯定，那個講『我去』的人，就是參謀長，也只有他這個職位，才有資格自動請纓當敢死隊長。」

我十分興奮，來回走：「愈分析愈發現多事實，可是不明白的是，兩個鐵生如何肯讓他去？」

白素緩緩搖着頭，先道：「你別來回走得叫人頭暈。」又道：「我也想不通，但其中一定有十分重大的原由。嗯，接下來有一段，是寫伏在曠地上裝死屍的其中一個的，你注意到沒有？」

我當然注意到了，那是整篇小說中最豈有此理的一段，又是很長，有相當多心理描寫，用的全是同一個代名詞：「他」。

而且全段文字晦澀之至，簡直不知所云，我費了好大的勁，才算看完，要不是為了研究整件事的來龍去脈，一定會把它跳過去不看。

這段文字並不長，我可以全文引述出來——大家看的時候，真的要小心一些，不然，就不容易看得懂，若是覺得不好看，也大可以跳過去，雖然後來真相漸白，才知道那一段晦澀文意的文字，大有講究，到那時再來看，才會有恍然大悟之感。

他不知道自己伏在地上已有多久了，從那一陣槍聲之後，一切全是死寂，他甚至以為自己已進了地獄。

一動也不動，要把自己當成一個死人，才能把敵人瞞過去，他和他都曾一再告誡過，一個人暴露了，就等於全體暴露。

可是天曉得，他在心中自己問自己：所謂「全體」，究竟還有多少人？很可能只有他一個人了。其餘的，都由假死屍變成真屍體了。

偷襲的計劃是他提出來的，他同意的，這是一個好計劃，即使「全體」只剩下他一個人，也還是可以將自己這方面製造一個相當有利的進攻機會。

這個敢死任務，十一個人若是還未開始行動，就只剩下他一個，那未免太壯烈了。他想起剛才，至少有七八顆子彈，就在他的頭邊，滋溜滋溜響着，帶起灼熱的魔火，鑽進了土地之中。

（種籽播進了土地中，什麼種籽，就會長出什麼植物來——種瓜得瓜，種豆得豆。）

（機槍子彈看來像是那樣歡呼着鑽進了土地之中，會長出什麼東西來？死亡？仇恨？）

那些子彈，任何一枚，都可以使他的生命結束，但是奇蹟似地，他非但沒有死，而且沒有受傷。四個沉甸甸的炸藥包，還壓在身下，他十分難以想像，四包炸藥若是一起爆炸，他的身子會剩下多少？

（根據「物質不滅定律」，他的身子應該不會少了什麼，問題是，會變成什麼。）

他的耳際，又響起了他和他的聲音，他和他的聲音，能使他的心神寧貼，即使在如今這種境地之中，也有同樣的作用，但同樣也能令他心亂如麻。

他和他交替地說：「炸藥包必須壓在身體下，用身體掩護，就算身體中了槍，甚至穿過了身體，也不致於引起爆炸——只要有一個爆炸，敵軍就會立即察覺我們的偷襲計劃。」

好像沒有爆炸，每個人，不管是死是活，至少沒有使任務根本不能執行。

他一直睜着眼，在他的眼前，不知有一隻什麼甲蟲，慢慢爬過，甲蟲像是爬在他的心上，那種爬搔，令得他心頭空空蕩蕩，想找點地方靠一靠，可是靠向什麼所在呢？靠向他？還是靠向他？

他在這時，也不知道自己為何會伏在曠地上的，應該是他，或者是他，不應該是他，當然也可以是他，他是想到了他會犧牲而替代他的，還是想到了他會犧牲而替代他？他自己也不知道，真的不知道，他真的不知道，連他和他和他之間許許多多的事，究竟如何會發生，他也不知道，真的不知道。

他知道的只是，發生的，全發生了。

剛才，子彈呼嘯的時候，他一點也沒有恐懼，當他了解到死亡或者可以解決一切問題的時候，他非但不會恐懼死亡，而且還會下意識地歡迎死亡。

他心緒又亂了起來，僵伏了那麼久，他感到死亡像是漸漸地侵入了他的身子，那是種怪異的感覺，究竟什麼樣的感覺？他連自己的感覺都說不上來，別說他和他的感覺了。

就在這時候，他看到了在他身邊的一個「死人」眨了一下眼。

最怪的就是這一段，是不是可以用「不知所云」來形容？接下來，就寫那個「他」發現，敢死隊的十一個人都沒有死，寫他們在黑暗之中，用胸腹肌肉的運動，慢慢向前移動。

那一章的一開始，就寫明甘鐵生站在高地之上——這本來不是很好的小說寫法，會減少懸疑和緊張，因為結果早已知道了。

可是，真會寫小說的人，卻也會故意如此，先把結果寫出來，再寫經過，照樣可以令讀者看得如癡如醉，這才更見作者的功力。

有很多好的歷史小說，結果就是早已知道了的，如荊軻刺秦王，不成被殺，誰都知道。可是好的以刺秦為題材的小說，還是可以看得人冷汗直冒。

接下來的偷襲行動，只約略表過就算。白素要我加以注意的，就是這一段。

我那時，在再看了一遍之後，心中咕嚕了一句粗話。白素道：「這一段中，寫了三個「他」。

我立時道：「第一個『他』，是敢死隊長，也就是我們假設的參謀長。」

白素接着說：「第二個和第三個『他』，是甘鐵生和方鐵生。」

我點頭：「毫無疑問是，小說中寫：計劃是他提出來，他同意執行的，參照前文，方鐵生和甘鐵生在討論時，參謀長自然在一旁。

白素微抬起了頭：「從這一段來看，他，他，他，這三個『他』之間，是什麼關係？」

我悶哼一聲：「他們是袍澤──軍人和軍人之間的專稱，出典很古，詩經。」

白素皺着眉，半晌不說話，才低歎了一聲：「事實情形的複雜，可能遠在我們的想像之上。」

我用力揮了一下手：「我看我們像某些『紅學專家』一樣，太鑽牛角尖了，這是一部小說，我們卻把它當作事實一樣來研究。」

白素固執地搖頭：「我覺得這裏所寫的一切，全是事實，至少，人際關係，各大小戰役等等，全是根據事實寫下來的。」

她講到這裏，停了一停，不等我有反應，作了一個手勢，阻止我說下去，她一字一頓：「寫下這些事實來的人，一定就是『那個人』，第一個『他』，團或師的參謀長，他把自己隱去，可是卻又無法不在某些場合中顯露出來。那次被認為十分重要的演出，演出者三個人：甘鐵生、方鐵生和那個『他』。」

我沒有打斷她的話頭，等到她一口氣說完，我才道：「別忘記，這是一個女作家的作品，這個女作家姓一個僻姓：『君』，她叫君花。」

白素一揮手：「兩個可能，有人口述，女作家筆錄之後再加以藝術渲染。一個是君花根本是一個男人的名字，不是女人，有可能，參謀長是女人。」

我怔了一怔：「這說不過去吧，如果這樣一個軍官是女性，小說中應該大書特書才是。」

白素道：「既然有心要把這個人物隱去，那自然也不會再提。」

我不說什麼，用沉默來表示我不同意她的意見。白素指着稿紙：「你看這一段，寫他心中空空蕩蕩——在那種環境下，還會有這樣的內心活動，這個人就有可能是女人。他又說不知靠向誰才好，是靠向甘鐵生呢？還是靠向方鐵生，這總不太像是男性的心理，而且，這一段文字，幾乎是全書的唯一內心剖白。」

我歎了一聲：「在那個時代，女性當兵的極少，當到高級軍官的更少，我想，這一段，可能是刻意描寫人在極度危險的環境之下的那一種反常的心理活動。或者，執筆者是女性，所以才有了這種不倫不類的內心剖白。」

白素沉吟了一下：「可惜那時，你像是不很有興趣，我也想不到小說會那麼吸引人，所以由得來人把稿子留下來就算了。」

我聳了聳肩，不表示什麼。

白素又道：「我想應該多了解一下那個叫君花的作家的情形。」

我哈哈大笑起來，當那歌唱家取出這部稿子來的時候，我一點興趣也沒有，但這時，卻好奇之極，忙道：「請歌唱家來問問？」

白素立時表示同意。

所以，又有一個小插曲，就是再度和那歌唱家的對話，十分有趣，記述如下：

歌唱家一聽白素說君花可能是一個男人的名字，就用她那美妙的歌喉，發出動聽的笑聲：「你們的想像力真豐富，難怪她一聽得我認識你們，就千託萬託，要我把稿子帶來給你們看看。」

白素追問：「你還沒有回答我的問題。」

我忙加問：「她要把她寫的小說給我們看，有什麼特別的目的和要求？」

歌唱家這時，神情活現，他自然也知道上次來的時候，受了我的冷落，所以此際，就伺機報復，真是小人氣度之至，她揚起了頭：「請別搶發問。」

我在肚裏罵了她一句，面上自然不敢顯露什麼，她得意洋洋地笑：「當然是女人，我認識她三年了，她是我的鄰居，豈有不知她是女人之理？」

白素想了一會，像是對歌唱家的回答，還有所懷疑一樣，歌唱家也覺察到了這一點，誇張地叫了起來：「別以為我是連男人和女人也分不出來的白癡。」

白素忙道：「我不是這個意思——她創作這部小說的經過，你可知道？」

歌唱家道：「這倒不是很清楚，她一個人獨居，我的屋子和她比鄰，她把花園弄得十分整齊，是一個十分愛清潔的女人，沉默寡言，對人很客氣，約莫六十歲，或者更老一些。」

白素「哦」地一聲：「原來年紀那麼大……不過，也應該是這個年紀。」

我知道白素的意思，忙道：「我不認為一個參謀長會是女人。」

白素一揚眉：「我也沒有說他是女人。」

歌唱家看着我們爭論，神情莫名其妙：「你們在討論什麼？這部小說中的人物？這部小說真的那麼吸引人。」

白素道：「小說寫得很好，值得研究的是，小說寫了一場絕對不應該發生的背叛，可是竟然發生了，似乎有十分神秘，怪異的因素，所以值得研究——你難道沒有看過？」

歌唱家攤了攤手：「我不習慣看中文小說。」

我把我的問題，重問了一遍，歌唱家用手指輕輕敲着她自己的額角：「她一聽說我認識你們，就現出極激動的神情，拿出了這些稿子來，說什麼這是根據事實寫下來的，裏面有一個謎，她一直解不透，想不通，兩位善解疑難，可能會有所發現，所以希望你們抽空看一看。我受人之託，忠人之事，明知可能會碰釘子，還是來了。」

她說到這裏，向我瞪了一眼，這女人，報仇也算報得酣暢淋漓了。

我自然不會和她一般計較，所以只是嘿嘿乾笑兩聲了事。偏偏她還不識趣：「裏面究竟有什麼謎，說出來，或許我解得開。」

我立時冷冷道：「那你必須先看完你不喜歡看的中文小說才行。」

她碰了一個釘子，不再說什麼，白素忙打圓場，又向她問了一些那個女作家君花的情形，不過由於君花深居簡出，根本沒有什麼社交，歌唱家雖然活躍，以鄰居的身分請她十次，她都不來一次，久而久之，自然也就沒有什麼來往，所以也說不出所以然來。

送走了歌唱家，我道：「作者和參謀長是兩個人。」

白素結結實實想了一會：「保留。」

我跳起來想和她爭，她伸手向我一擋：「現在，我不和你爭這個問題，先看看那場絕不應該發生的背叛，究竟怎麼會發生的。」

我瞪了她好一會，才勉強同意。

要知道那場絕不應該發生的背叛是怎麼會發生的，對那篇小說中的若干情節，必須先知道，所以，又要節錄若干，不然，會無頭無腦，看不明白。

小說用了許多字，寫十一個敢死隊員如何依照計劃，在曠地上扮成死人，逐寸向前移動，終於在七個小時之後，移到了高地火力的死角。

第五部

膽大之極的作戰計劃

在壕溝中伺伏的兩個鐵生，早已下達了進攻的命令。黑暗中看來，方鐵生的虬髯，閃閃生光，和甘鐵生白皙的膚色，成為強烈的對比。經過長期的盯視，他們的眼睛，一閉上，眼皮上，反而會傳來劇烈的刺痛，他們眼看着敢死隊員一點一點向前移動，在黎明之前，天色特別黑暗的時候，他們看到他移動得最快，幾下子就進入了高地的陰影之中，其餘的人也都跟了上去。

兩個鐵生同時發出了一聲吆喝，號兵把幾乎捏得發燙的小號湊上唇去，鼓氣吹出了雄壯的衝鋒號，高地上的敵軍立即開火。

兩個鐵生在這時候，互望了一眼，才把互相互緊握着的手鬆了開來。他們不必講話，只是憑眼色的交換，就可以知道對方想說什麼。他們都在說：敵軍的指揮官一定大大迷惑了，何以吹起了衝鋒號，卻沒有人進攻？

進攻當然是有的，但是在高地上的守軍看不到，進攻者在長期的，耐心的、幾乎無可忍受的、懷着萬分之一達到目的的希望，已經來到了高地之下，衝鋒號一響起，他們正迅速向上攀着。

偷襲是極可怕的事，偷襲不成，偷襲者粉身碎骨，偷襲成了，被偷襲者到死，還不知自己是怎麼死的。

（偷襲和背叛，彷彿也有某種聯繫，把這兩種行為用文字表達，排列起來看：

偷襲

背叛

偷和背相對，襲和叛相對，都是在暗中突然發作的行為，被偷襲者和被背叛者，事先連一點防備的工作都無法做，那絕對違背了公平競爭的原則，是人類行為中極可恥的一類。）

兩個鐵生盯着離他們並不遠的高地，看到他最早攀上去，在守兵的機槍噴射出來的火花中，甚至可以看到他咬緊牙關的那種堅決的神情。

也是他第一個拋出炸藥包，他拋出炸藥包的時候，左手攀住了石角，支持着全身的分量。

甘鐵生在這時，喃喃說了一句：「老天，別讓他支持不住。」

接着，他右臂揮動，揮動的幅度極大，由身後到身前，劃出了一個極美麗的弧形，點着了引線，在引線上迸出少量火星的炸藥包，在半空之中，呈拋物線向前落去，竟然毫無偏差地落向一個正在怒吼噴火的機槍管。

甘鐵生和方鐵生，不由自主，大聲酣呼着，站了起來。

也就在那時，高地之上，傳來了第一下驚天動地的爆炸聲，爆炸所發生的火光，先是寂靜無聲地陡然一閃，照亮了長長壕溝之中每一個人的臉，然後才是巨響的傳來。

在第一下爆炸之後，一下接一下的爆炸，連續不斷，高地之上，大團大團的火球在滾來滾去，甘鐵生看看時機已到，大喝一聲，和方鐵生同時衝出戰壕，向前疾衝了出去，跟在他們後面的，是潮水一樣湧向前的進攻者。

七號高地一舉攻克，那個原來以為不能克服的碉堡完全不見，十一個敢死隊員，傷了六個，一陣亡，甘鐵生站在被炸成坑的凹地中，面向東方，這時，東方的天際，才現出了第一線曙光。

衝上高地，殲滅了敵軍的官兵，在高地上跳着，發出實在沒有什麼意義的叫嚷聲，有的甚至興奮到了用步槍互相格鬥刺搏。

甘鐵生下達了向師部報捷的命令，緩緩轉動身子，在東方透出矇矇朧朧的灰白光芒之時，他一轉身，就自然而然，接觸到了方鐵生的目光。

方鐵生咧着大嘴：「等了一夜，突然可以站起來的那一剎那，簡直就像——」他說到這裏，用力一揮手，吐了一口口水，忽然滿是虬髯的臉上，在晨曦之中，現出幾分扭怩的神色來，沒有說下去。

甘鐵生則「哈哈」大笑了起來，他的笑聲，在幾百人的呼喚吶喊聲中，聽來仍然十分嘹亮：「對，簡直就像。」

方鐵生並沒有說出簡直像什麼一樣，但甘鐵生立刻就知道了。

那是真正的感受：在經過長期的壓抑之後，突然的、暢快的、興奮刺激之極的爆發，那種快意的發泄，還有什麼別的感覺可以比擬？那是雄性人類所能感覺的最原始、最天真的感受。

兩個鐵生都一起笑起來，他們笑得那麼歡暢，當他們的笑聲影響了所有人，大家都靜下來時，第一線朝霞已經浮起，方鐵生舉起槍來，向天連射，彷彿他的發泄還未曾夠，而甘鐵生只是沉靜地站着，看得出，他不止是站着，從他的神情上看得出，他正在思索。

他在想什麼呢？除了他之外；還有人知道嗎？

方鐵生一手舉槍，還在不斷地射擊，他身形壯大，虬髯蝟張，雙眼圓睜，槍聲自他手上產生，像是天神的手中產生炸雷，神威凜凜，看得人都癡了。甘鐵生只是靜靜地站着，在朝霞下，他蒼白的臉上，看來像是有些血色，可是他堅毅，充滿了智慧，卻也絕不遜色，叫人看得心折。

兩個鐵生這時，一個動，一個靜，他們的視線，卻是射向同一個目標。

以上節錄的，是有關攻佔七號高地的描寫，我和白素也曾討論過。別奇怪我們為什麼會對小說中的情節那麼有興趣，實在是因為小說有它的古怪之處。

例如，高地攻佔居功至偉的，自然是那個敢死隊長，可是小說中卻又一字不提，只是在進攻的過程之中，用了兩次「他」字來替代。

然後，又寫了甘鐵生和方鐵生在重大的勝利之後不同的反應——完全由一個旁觀者的角度來寫，剛猛威武的方鐵生看得人癡，沉着勇毅的甘鐵生，看得人心折。

看他們的兩個人是誰？不見得會是全體官兵。

兩個鐵生的視線落向同一點，他們又在看什麼？如果是望向一個人的話，那個人是誰？

像是一直有一個「隱形人」在——那人當然不是真正的隱形人，而是隱沒在小說之中，但卻又無處不在，呼之欲出。

如果這個人就是我和白素假設的參謀長，問題是：為什麼會有這種情形發生？

討論自然不會有結果，白素想了一想：「可以設法根據小說中所寫的地名，各個大小戰役的情形，對照一下現代史，我相信不會太久遠。」

我怔了一怔，已明白了白素的意思：「如果是軍閥混戰時期的，只怕俱往矣，六七十年下來，不會再有什麼人活着的了。」

白素的意思，自然是想找曾和甘鐵生、方鐵生他們一起度過戎馬生涯的人，好好問一下，為什麼會有那麼奇怪的情形。

所以，我才提出了事情發生的可能時間，白素搖頭：「不會那麼早，雖然沒有確切地寫年代，可是從武器的使用來看，也大約可以斷定是什麼時代。」

我聽了白素這麼說，不禁苦笑。

白素自然未必是有意那樣說的，但是她的話，卻觸動了我的聯想——竟然可以根據武器的使用，而斷定人類歷史的年代。例如，有核子武器，自然是二十世紀的事，若是戰爭之中雙方還在用鐵器互相砍殺，那當然是中古時代。這樣方法來斷定時代，那是不是可以算是地球人的悲劇？或是對人類文明的諷刺？

白素在我的神情上，看出了我在想什麼，她溫柔地握住了我的手，神情也有點難過，我用力搖了一下頭：「抗日戰爭時期？」

白素沉吟了一下：「差不多就應該是那個時候。」

我又沉默了片刻，在那片刻之間，我又聯想到了許多事，但是和故事發展無關，也就不必長篇大論地寫出來了——人家的小說中有這樣的情形，尚且刪去，怎麼可以在自己的故事中出現？

我加重語氣：「那麼，現在還有人活着的。」

白素一揚眉：「當然有，最現成的，就是這部小說的作者，君花。」

我沉默了片刻：「至少，小說作者知道是什麼人提供了她那麼詳情的資料。資料的提供者，必然是當年的當事人。」

白素認為君花就是小說中刻意被隱去的那個神秘人物，而我對這一點，始終有異議，所以這時，才有了這樣的爭論。

白素沒有再和我爭下去，只是道：「這位君女士，我們總是要見一見的，而且，她也主動要聽取我們的意見，所以和她見面，應該沒有問題。」

我笑：「又要麻煩你那位歌唱家朋友了，我想，向她拿君女士的電話，我們直接聯絡，比較好些。」

白素點頭：「這事簡單，我會辦。」

我深深吸了一口氣：「那場引致背叛行為的戰役，才是最重要的。」

白素來回走了幾步，陷入了沉思之中，我也不打擾她。

一開始，《背叛》這篇小說就把那場有背叛行為的戰役提出來，但在小說中，一直到了第五冊開始之後，才真正寫到了那場戰役。

那時候，甘鐵生已經是師長、方鐵生當然是副師長。

兩個人都有了將軍的銜頭，而且是真正睥睨一切的猛將，可是兩人的交情，始終不變，方鐵生一高興，也還是會說：「我是師長從垃圾堆裏撿出來的。」

那次戰役，離方鐵生被甘鐵生發現之後九年。也就是說，看起來神威凜凜的猛將，有天神一般壯碩體格的副師長，那年不過二十一歲。

當然，他和普通二十一歲的青年人不同，非比尋常的童年生活、和九年來戰場上，每天接受鮮血和炮火的洗禮，他比同年紀的人成熟一倍以上，但是也有時候，他會流露出他這年紀應有的年輕。整個作戰計劃，是甘鐵生首先提出來的——那是一個和敵軍，可以說，是決一死戰的戰爭，勝了，可以把敵軍殲滅，再難翻身，輸了，情形也是一樣。

這一仗，是遲早要打的，形勢已經逼得非有這樣的一場大戰不可。

請各位回顧一下一開始的節錄，接下來的，是接續那一段的，應該接續在「要把時間向前推九年」處，現在，再補上一句：「再把時間向後推九年」，推到了那場生死之戰的前夕。

在兵力方面，甘鐵生的師處於劣勢，敵方有兩個師的兵力，所以甘鐵生要打勝仗，必須運用奇謀，不能硬拚。

當時的形勢是，甘師和敵師的甲師、乙師，分佈在一座山頭的三面，互成犄角之勢。敵軍的甲、乙兩師，目的也是要把甘師徹底消滅，所以，正在悄悄移動，成鉗形，自左右夾攻。

但是敵軍又怕進攻得太快，被甘師看出了不利情形之後，拉隊向後一縮，就此逸去，以後，再要找這樣對付甘師的機會，就十分困難了，所以，敵師的行動，不打草驚蛇，盡量採取大迂迴的行軍方式，目的是要繞過甘師的後面，兩個師的兵力，佈成了一個半弧形的網，等到合圍之後，再向前一逼，在強勢兵力的攻擊之下，甘師除了向山上退避之外，別無他途。

而那座山，是典型的窮山惡水，雖然說佔住了山，就是佔了高地，有居高臨下的優勢，但是等甘師一上了山，敵師根本不必進攻，只消封鎖山路，包圍山頭，山上到了糧盡彈絕之時，自然毫無戰鬥力了。

而且，在事先，敵軍甲、乙兩師的指揮官，也是十分精明的人物，早已派偵察連上山偵察形勢，山上的水源十分有限，有幾處，也都立刻下令下馬破壞，使之不能再被食用——這樣，部隊被困在山上，衝不下來，又沒有水喝，戰鬥力自然大大減弱，困得日子久了，渴也渴死了。

甘鐵生的作戰計劃，靈感來自他派出去的偵察隊，發現敵軍的偵察人員，正在破壞水源。在接到了報告之後，召開作戰會議，方鐵生先發言。

方鐵生皺着眉：「大家都在山下，去破壞山上的水源作什麼？」

甘鐵生立時有了答案：「敵方想憑優勢兵力，把我們逼上山去。」

方鐵生「呵呵」大笑：「那山是死山，誰也不會把部隊拉上山去等死。」

甘鐵生吸了一口氣，當天，他沒有多說什麼。

第三天，偵察部隊又有了新的報告，敵軍甲師和乙師都有移防的行動，可是並不是指向甘師，而是斜開去。

在作戰會議上，方鐵生又大笑：「他們想在我們後面合圍，我們可以在他們合圍未成時，分左右迎擊，打他一個措手不及。」

甘鐵生搖頭：「不，讓他們合圍。」

會議室中靜了下來，所有人的視線，都集中在甘鐵生的身上。方鐵生沉聲：「敵人合圍成功，我們只能退上山去。」

甘鐵生點頭，語音十分堅定，毫無轉圜餘地，就像是他以前決定大小所有戰役的進攻或防守計劃時一樣。他道：「對，我們退上山去。」

會議室中，是一陣長時期的，難堪的沉默，人人面面相覷，沒有人再敢去看甘鐵生——當然也有例外的，方鐵生就盯住了甘鐵生看，甘鐵生也向他望來，兩人四目交投，足有兩分鐘之久，甘鐵生神情堅決，絕沒有改變。方鐵生神情在開始兩分鐘是極度的迷惘，但他隨即想到富有作戰經驗的甘鐵生，絕不可能無緣無故，作出那麼愚蠢的決定。他就開始向另外一路想。

那是，在三分鐘後，他的臉上，漸漸有了笑意，甘鐵生立刻知道他想到了什麼了，也泛起了微笑，兩人這種笑容，是真正莫逆於心的會心微笑。

微笑維持了半分鐘，方鐵生現出了欽佩之極的神情，霍然站起，雙手按在會議桌上，哈哈大笑，一面笑，一面說：「好計，好計，不如此，不足以殲滅敵軍。所謂置之死地而後生，好計，好計。」

一個老謀持重的參謀聞言失色：「師座，退到山上，那是死路一條，再無生路。」

甘鐵生不理會那個參謀，向站着的方鐵生一指：「副師長把作戰的計劃說一說。」

甘鐵生這句話一出口，除了方鐵生覺得理所當然之外，其餘所有人，都莫名其妙，相顧色公，剛才，甘鐵生說：「對，我們退上山去」之際，所有的人都為之失色，連方鐵生也一樣。

顯然，那時候，方鐵生還是完全不知道甘師長的作戰計劃的。

可是，他們在相互注視了幾分鐘之後，從完全不明白到明白，又大叫好計，這還不出奇，但竟然就可以替代甘師長講解作戰計劃，這就有點駭人聽聞——難道他們兩人之間的心意相通，竟到了這一地步？

方鐵生挺了挺身，嗓音宏亮：「甘師長的計劃，十分簡單。第一步，把我師兵力，分成兩部分，一分，在敵方悄然合圍之前，用極秘密的方法，急行軍離開，在敵方將會形成的包圍圈外伺伏。」

方鐵生講到這裏，略頓了一頓。參加作戰會議的，畢竟全是有多年作戰經驗的軍官，已經有不少人發出「啊」的低呼聲，顯然也了解到這個膽大之極的作戰計劃的部分內容了。

方鐵生用力揮了一下手：「行動必須極度秘密，在一半兵力秘密轉移的同時，另一半兵力必須裝出完全不知道敵方的合圍計劃，要表示故意的麻痺，讓敵軍的合圍計劃，能順利進行。」

甘鐵生在這時，也站了起來。甘師長和方副師長並肩而立，就像是劍俠小說中的「雙劍合璧」一樣，威力陡增，給予所有人以無限的信心。

甘鐵生的聲音也很嘹亮：「敵軍一旦合圍，一定立刻發動進攻，敵軍一攻，我們的一半兵力，就退向山上，山下敵軍合圍，以為不必搶攻，我軍必定不戰而亡，在這樣的情形之上，他們的警惕，必然鬆懈，我們約定，五日之後，午夜時分，山上的攻下來，在山外的攻過來，不但有反包圍，而且有意想不到的尖兵自山上衝下來，敵兵雖有兩師之眾，但必然潰敗。」

甘鐵生講到一個「敗」字時，重重一拳，擊在會議桌上。妙的是，方鐵生也在同時，一拳擊在桌上，兩個拳頭擊在桌上，只發出「砰」的一聲響，可見他們兩人的行動，何等一致。

會議室中靜了幾分鐘，方鐵生問：「有什麼問題沒有？」

一個團長站起來：「山上的水源全遭破壞，在山上五天——」

方鐵生不等他講完就道：「上山的部隊，盡量帶水，要帶足五天足夠用的水相當難，上山的弟兄要多吃點苦，我會教弟兄們怎樣找有水的草根來嚼了解渴。」

甘鐵生斜睨着方鐵生，搖頭：「本師第一團、第二團第一營、第二營。直屬機槍連第一連、炮兵連，暫由方副師長率領，會議結束，立即秘密行軍。」

甘鐵生續道：「目標五十公里外，待敵方合圍之後五日後午夜，要在最近有利的攻擊距離，發動攻擊。」

甘師長的命令，再明白也沒有，是要方鐵生率領一半兵力退開去，到時才攻擊。那麼，餘下的一半兵力，自然由甘師長領上山了。

方鐵生立時漲紅了臉：「師長，我率部上山。」

甘鐵生緩緩搖頭。

像這樣，師長和副師長，互相爭，要擔任更艱苦，更危險的任務，他們不知見過多少次了，大家也都不參加意見，由着他們去爭。

方鐵生的神情變得十分倔強——這時的神情，十足像是一個倔強的，不聽話的孩子，而且提高了聲音：「我率部上山。」

甘鐵生仍然鎮定地搖頭：「剛才的分派，記錄在案，這是軍令，我會另外有呈報，請軍部批准。」

方鐵生雙手揮舞，虎虎生風：「師長，我是你從垃圾堆裏撿出來的，所有危險的任務，都讓我去擔當。」

甘鐵生微有慍怒：「你胡說八道什麼，把我當成貪生怕死的懦夫？接受命令，別以為你的任務容易實行，行動必須絕對秘密，一有泄露，前功盡棄，全軍覆沒，要把半個師的兵力，悄悄隱藏起來，談何容易，所以，最佳老謀人員，也全由你率領。」

方鐵生的身子，激動得在全身發抖，由於他雙手按着會議桌，而他又力大無窮，他身子一抖，整張會議桌都在抖動，桌上的茶杯，也隨之震動。

這時，方鐵生和甘鐵生兩人的視線，又射向同一點，然後，又迅速收了回來。

甘鐵生再問：「還有什麼問題？」

會議室中是一片寂靜。

第六部

三個男同性戀者

甘鐵生的聲音變得極嚴厲：「嚴格控制保密工作，不必向部下傳達任務，泄露秘密者，就地正法，散會。」

所有的人都站了起來，神情肅穆之極，就在這時候，甘鐵生又加了一句：「師參謀部全部人員，都歸副師長指揮，不必上山，上山的，百分之百是戰鬥人員。」

甘鐵生的語調，硬得就像生鐵鑄成的一樣，再無轉圜的餘地，可是他語音方止，就有一個聽來更硬，更不能有絲毫變更的聲音響起：「師直機關人員由我分配，我上山，其餘人都跟副師長。」

會議室中靜得連一根針掉在地上也可以聽得到，沉靜維持了足有一分鐘，這種氣氛，連許多久歷沙場的軍官，都有點受不了。

首先打破沉寂的是甘鐵生，他緩緩轉過頭去，望向胸脯起伏，正在大口呼吸，但是又忍住了喘息聲的方鐵生，一字一頓地問：「副師長的意見怎麼樣？」

方鐵生的聲音聽來有點僵，但是他的回答來得極快：「我同意。」

甘鐵生這樣問方鐵生，自然是他自己已經同意，如今方鐵生也同意了，事情應該已成定局。可是出乎眾人意料之外，甘鐵生所要的答案，顯然不是要方鐵生肯定，而是要他否定。

甘鐵生用力一揮手——整個師的人都知道，當他有那樣的動作時，就是他的心中，已經有了決定，而且這個決定，是九百條牛的力量都扳不轉的。

整個會議室中的人都緊張起來，一場那麼重要的戰役逼在眉睫，而且部署的又是那樣的險着，要是師長和副師長，處處意見不合，這個仗還怎麼打？一時之間，人人屏氣靜息，面面相覷。

甘鐵生在手一揮而下之後，厲聲說：「如果是這樣，作戰計劃取消，本師全體，立刻撤出戰區。」

聽到的人都張大了口，「立刻撤出戰區」，那等於是臨陣脫逃，就算能避得開敵軍的追擊，又怎能逃得過軍法的裁判？

方鐵生濃重的氣息聲，響得令人有點震耳，他的叫聲，更令人心頭發怵：「師長，我要求，和你單獨談。」

甘鐵生神情冷漠：「你只要接受命令，我沒有和你單獨談話的必要，可是倒必須有單獨談話，時間不會太久，人人都在大會議室等着，我會宣布結果。來，到小會議室中去，我有幾句話説。」小會議室就在大會議室的旁邊，隔音設備當然不是十分好，在小會議室裏，甘鐵生如果説話的聲音大一點，大會議室中的人，都可以聽到，何況這時大會議室中十分靜，只有方鐵生在不住走動，和發出濃重的呼吸聲。

可是，在大會議室中的人，卻什麼也沒有聽到，可知那場單獨談話，是壓低了聲音在進行的。

那時，方鐵生十分激動，好幾次，像是下定了決心，要衝進小會議室去，大踏步到了門口，可是在門口站着，雙手緊握着拳，卻又下不了決心去推門，他的神情也十分怪異，一下子緊蹙雙眉，看來十分痛苦，可是一下子，居然又會有十分歡暢的笑容，風風魔魔地，大家都知道他年紀很輕，可是平日也絕少見他有這等少年人一樣的神情。

在方鐵生不知第幾次衝到小會議室門口，貼門站立着的時候，門突然打開，甘鐵生向外疾步跨出，一下子撞在方鐵生的身上。

方鐵生的個子魁偉之極，比甘鐵生高出很多，甘鐵生撞了上去，發出了一下悶哼聲，方鐵生陡然伸出了巨大的雙手，抓住了甘鐵生的手臂。

甘鐵生甚至可以說是瘦弱的，被方鐵生那種塔一樣的彪形大漢抓住了雙臂，沒有人懷疑他會被提得雙腳離地，也沒有人懷疑，只要方鐵生手上一發力，他的雙臂就會斷折。

方鐵生這時的行動，已經構成了冒犯長官的行為了，若不是人人知道師長和副師長之間，情同兄弟，這時定然會有人上去對付方鐵生了。

甘鐵生雙臂一被抓住，就抬起頭來，用極其嚴峻的目光，望向方鐵生。而接下來，兩人之間，尤其是方鐵生的反應，奇特之極。

只見方鐵生的神情極難過，緩緩搖頭，聲音也很痛苦，叫了一聲：「師長。」

方鐵生的大手，還緊抓着師長的手臂，甘鐵生字字如同斬釘截鐵：「師直機關所有人員，都不上山，再有異議，以違反軍令嚴處。」

方鐵生深深吸了一口氣，陡然全身發抖，他一抖，連帶被他抓住手臂的甘鐵生，也抖了起來，方鐵生不但神情激動，而且還十分感激，他道：「師長，你叫我該怎麼做？你叫我該怎麼做？」

甘鐵生的回答，十分冷靜，可是聽得出，那壓抑了極大的痛苦：「你應該怎麼做，就怎麼做。」

我看到這裏的時候，曾經用力把裝訂得十分考究的原稿紙，用力摔了開去，以表示心中的不滿——後來，當然又去撿了回來，因為小說的情節，吸引我要看下去，看究竟怎麼會有背叛發生。

當時，白素斜睨着我：「怎麼了？發什麼脾氣？」

我大聲叫：「不看了，找一本謎語大全，或是隱語全集來看，還痛快得多，看到的謎語，至少也可以猜到一半，哪像這小說，全是解不開的謎。」

白素悠然道：「其實，稍為用點心思，也不是那麼真的解不開。譬如說，那個可以決定自己上山，師參謀本部都不上山的那個人，自然就是師參謀長，也就是那個故意被隱藏了的重要人物，他曾當過齊東七號高地的敢死隊長，也曾在舞台上演過紅拂女。」

我悶哼一聲：「可是為什麼他如果要跟甘鐵生上山，甘鐵生就要撤出戰區？」

白素沉吟不語，沒有立即回答，我又問：「副師長要和師長談話，師長為什麼不答應？師長和參謀長，又在小會議裏談了些什麼？方鐵生的反應，何以那麼奇特？甘鐵生的聲音中，又為什麼要壓抑着巨大的痛苦？」

我在問了一連串的問題之後，由於氣不過，忍不住罵了一句粗話：「他媽的，這個寫小說的人，要不是把自己當成了是屈原，正在寫《天問》，就是根本不會寫小說，瞎七搭八，亂加形容詞，一塌糊塗，故佈疑陣。」

白素吁了一口氣：「還是可以在分析之中，尋到一點脈絡。」

她說到這裏，向我望來，我也注視她。白素的眼睛十分明亮俏麗，極柔和動人，使人感到如同暖流迴環一樣的眼神——和這種眼神接觸，心情再焦躁，也會立時寧靜下來。

我作了一個手勢，請她繼續發表意見。

白素手指在几上輕輕敲着：「對兩個鐵生來說，參謀長一定十分重要，似乎在某些方面，參謀長極能左右、影響他們的情緒。」

我想了一下，點頭同意。

白素又道：「例如，突襲七號高地時，兩個鐵生緊張之極，但又不能不讓參謀長帶隊去。」

我舉起了手來：「這種情形，如果是兩男一女，就十分容易設想：兩個男人，同時愛上了一個女人，這女人對兩個男人都好，無法決定該怎麼做——通常，這種情形之下，女的會十分痛苦，而兩個男的，為了爭取女的好感，自然都會盡量討好女的，尊重女的意見。如果參謀長是女性，那就容易有解釋，假設兩個鐵生都愛上了她，那就很容易理解了。」

白素側頭想了一想：「師參謀長是女性的可能性不大，就算他是男人，你的說法，一樣可以成立。」

我怔了一怔，陡然爆發出了一場狂笑，一面笑一面嚷叫：「兩個男人，同時愛上了另一個男人？這太戲劇化了吧，這是哪一派分類的小說？簡直兒童不宜，至於極點了。」

白素的態度和我相反：「對於兩個鐵生既然都有同性戀傾向的描寫，那麼，他們同時愛另一個男人，也就不是沒有可能的事。」

我無法反駁白素的話，只好長歎一聲：「對，世上本就沒有不可能發生的事，再曲折離奇，都會發生。」

白素見我同意，十分高興：「這個假設成立，會議室中發生的事，再易理解不過。」

我就是在那時，又去把摔出去的稿紙撿回來，迅速翻了一遍的。

的確，有了這個假定，謎團迎刃而解，十分容易明白。可是，在那樣生死一線的軍事會議之上，竟然有三個為首人物，有着那麼複雜錯綜的變態感情糾纏，這仍然叫人覺得不可思議之至。

事情自然很容易明白。

上山去，艱苦、危險，是這次任務中艱苦的一半，所以兩個鐵生要爭着去——這表示了他們之間真摯高貴的情操，都希望對方安全，自己冒險，這是他們兩人之間，長久存在的高貴感情。

看來，一開始，由於小說寫得實在太隱晦的原因，我和白素，多少有一點誤會。的確，兩個鐵生都可能有同性戀的傾向，但是他們並不是互相愛戀，存在於兩個鐵生之間的，只是很高貴的友情，兄弟一般，也或許由於他們都有同性戀的傾向，所以他們之間的友情，特別濃烈，超過了通常的情形，真正到了人與人之間感情水乳交融的程度。

而他們，卻極不幸地，有了一個共同的同性戀對象。

心理學家早就證明，同性戀者，對感情的執著、看重、濃烈，在戀情的過程之中，所得的痛苦或歡愉的感受，遠超過正常的男女之戀。

像他們這樣的情形，若是兩男一女，也足以引致三個人在感情上極大的困擾和痛苦，設想如果三個全是同性戀者，那麼，痛苦的程度，可以加上十倍八倍。

很難想像當時在這三個人之間的感情糾纏，血肉模糊到了什麼程度，但絕對可以肯定，那一定比戰場上的炮火連天，拚刺刀血搏衝鋒，更加可怕，更加驚心動魄。

這就是為什麼參謀長要去擔任敢死隊伍的原因。

小說中寫出來的他的內心世界是「靠向他？還是靠向他？」是「他是想到了他會犧牲而替代他的，還是想到了他會犧牲而替代他的？」

那種本來莫名其妙的話，現在看來，也可以恍然大悟，沒有什麼不容易明白之處——他怕他和他犧牲，兩個他都愛，於是，他就挺身而出，自己去擔當這個危險之極的敢死任務。

如果一切全是事實的話，當時還可能有這樣的對白——學學那篇小說的作者，也寫得隱晦一點：

「我去。」他說。

「不行，」他和他一起叫。

「讓我去吧，我死了，你們都沒有了牽掛，我也沒有了牽掛，我不能把自己從中間剖開來，分給你們兩個，就讓我去死好了。」

「……」他和他都沒有話好說，因為三個人之間的情形怎樣，他們都十分明白。

於是，他就當了敢死隊長。他沒有死，他們之間的糾纏，自然也延續了下來。

又是一次危險的任務，在甘鐵生爭得了退向山上、置之死地而後生的任務之後，兩個鐵生共戀的對象，可能基於當時那種悲壯激烈的情懷，心頭一熱，血液沸騰，感情迸發，剎那之間，在兩者之間，有了取捨，所以他堅決要留在山上陪甘鐵生。

如果他留在山上陪甘鐵生，那麼，這自然就是他的抉擇了。

（真正要請各位注意的是，同性戀是不可否認的人類感情之一，可以說那不正常，不普遍，但它的確存在，就不能逃避，也不必鄙視，每一種感情，發生、存在，總有它發生的原因和存在的價值。那種感情，也是一種精神感應，和男女間的愛情一樣。而著名的英國學者湯恩比（Arnold Joseph Toyrbee 1889-1975）曾說：「一切生命都是以精神感應的方法互相交感而生存的。」）

他選了甘鐵生，甘鐵生立即問方鐵生，有沒有異議。當時在會議室中的其他軍官，是不是看出了這三個人之間有這種不尋常的感情糾纏，可想而知，這種事，大都在十分隱秘的情形下進行，所以可以假設，其餘人都不知道究竟。

方鐵生在十分激動的情形下，立即表示同意。

可是甘鐵生卻立即表示反對。

他們都要他，但是卻又寧願自己痛苦，而把他推給對方——這是兩個鐵生之間，一直在進行的一種行為，他們都真正地在精神上，寧願犧牲自己，成全對方。這種真摯的感情，在人類的行為之中，相當罕見，難能可貴。

於是，方鐵生要求和甘鐵生單獨談，但甘鐵生拒絕，甘鐵生和他單獨談，而且，顯然說服了他，不要選擇自己，而選擇方鐵生。

所以，在出了會議室之後，方鐵生才會有那麼異樣的反應，方鐵生知道，甘鐵生把他讓給了他，方鐵生自然知道，甘鐵生為此，作了多麼大的犧牲。

這實在是不可能的事，可是卻發生了。

叫方鐵生在這樣的情形之下，說什麼才好呢？

小說作者顯然也不知道如何寫才好了，所以，才有了小說中的那兩句對白。

再回過來看一小段小說。

方鐵生的聲音，像是他的喉間梗塞着一大團棉花，他雙眼睜得極大，眼中淚花亂轉——他沒有落淚，光是在這樣一個鐵打的漢子臉上，現出這種神情，已叫人駭然欲絕，要是他流下了淚來，只怕所有的人，都會嚇昏死過去。

他顫聲說：「師長……只是苦了你。」

甘鐵生真的流下了淚來，他仰頭向上，不讓人家看到他淚流滿面的情景，他的聲音同樣梗塞：「沒有什麼，我是……苦慣了的。」

方鐵生陡然下跪，雙臂抱住了甘鐵生的雙腿：「你把我從垃圾堆裏撿出來，又對我……這樣……」

甘鐵生仍然抬頭向上：「說這種話，我們是什麼樣的交情。」

其餘的軍官都嚇呆了，只有一個最機靈的，在這時叫了一句：「師長和副師長，是過命的交情。」

所有的人一聽，都自然而然，大聲喝采、鼓掌。

過命的交情，也真的只有這樣的一句話，才能表達出兩個鐵生之間的感情，是何等深厚。

作戰計劃肯定了，這個會在人類軍事史上留下輝煌一頁的戰役，即將開始。

當天晚上，方鐵生帶着半個師的部隊和師參謀部全體人員，悄悄轉移，轉移過程十分順利，留在原駐地的甘鐵生，不住地接到密報，一切按計劃進行。

甘鐵生和方鐵生之間，有直接的無線電通訊，可是為了避免敵軍的截聽，他們並不使用。他們自從相識以來，像這次那樣，竟然要有好幾天音信不聞，那是從來也未有過的事。

小說接下來所寫的，是寫方鐵生如何帶部隊悄悄轉移，和寫甘鐵生怎樣佯攻、詐敗，引敵軍上當的經過，寫得也相當動人，我在看到甘鐵生帶着一半兵力，被敵軍「逼」上山去之際，又曾和白素有過一番討論。

我把手按在稿紙上：「在兩個鐵生之間，如果說有背叛行為發生，當然應該是方鐵生背叛了甘鐵生。」

白素「嗯」了一聲：「自然是，問題還不在於誰對誰好，誰對誰有恩，而是他們分開了之後，甘鐵生上了山，那是一個死地，他不可能再進行任何的背叛行為。」

我緩緩吸了一口氣：「方鐵生……在受了甘鐵生那麼大的恩惠——包括把他從垃圾堆中撿出來，又一點不假，和甘鐵生真有過命的交情，還要背叛，人類的行為，真是太不可思議了。」

白素有點咬牙切齒：「方鐵生不是人。」

她很少用那麼強烈的情緒來表達她對一件事或一個人的看法，所以我也吃了一驚，但隨即感到，白素對方鐵生的評語，最簡單確切。

在那樣的情形下，尚且有背叛行為發生，背叛者方鐵生，如何還能算是人？雖然人性之中，有卑劣之極之處，人性極壞，比萬物都詭詐，可是也不可能卑劣和壞到了像方鐵生那樣的地步。

最令人不可解的是，照小說中所寫的，方鐵生對甘鐵生，不是沒有感情。若是那個他們共戀的「他」，選擇了上山，方鐵生的背叛，還有一絲道理可說，可如今偏又不是那樣。

我性子急：「背叛究竟是怎麼發生的？」

白素歎了一聲：「你看下去就知道了，事實上，發展到了這裏，背叛的發生經過，你也應該可以猜得到了。」

我也自然而然，咬牙切齒：「到了約定的日子，方鐵生沒有進攻？」

白素別過頭去，不願和我對望，但是我也早已看出，她有深切的哀悼的神情。

我們是都把小說中所寫的，當作是「真實的事」來討論的，那麼，白素的這種神情，自然是在哀悼人性的敗亡。

我急急地看着，直到看完。

最後部分，我不想再詳細引用了，我引用了開始部分，是因為那一部分，寫了兩個鐵生之間的感情，十分感人，而且，有這種感情的兩個人，實在不可能有背叛行為發生。

背叛的經過十分簡單——到了約定上下夾攻的時間，甘鐵生沒有等到方鐵生，那山上是死地，不可能再守下去，甘鐵生等多了一天，完全無法和方鐵生取得聯絡，就下令突圍。

就算他有整個師在手，想突圍也不可能，何況他只有半個師，結果，自然可想而知，全軍覆沒，戰至最後一兵，竟沒有一個投降被俘的，使得敵軍，也受了相當程度的損失。

在陣亡的官兵中，敵軍極想找到鐵軍的甘師長和方副師長的屍體，可是卻沒有發現，甘師長從此下落不明，而從敵軍在陣亡者之中，想找到方鐵生的屍體這一點來看，敵軍方面，完全不知道鐵軍的作戰計劃，不知道方鐵生早已悄悄帶了一半兵力轉移了開去。在敵軍完全不知的情形下，若是一切都按照計劃進行，絕對可以把敵軍打得大敗虧輸，落花流水，片甲不留。

我又曾大聲提出意見：「十分不通，方鐵生背叛了，參謀長呢？那半師兵呢？各級指揮官呢？難道會見死不救？要說全體背叛，那又沒有可能。」

白素沒有說什麼，只是作了一個叫我看下去的手勢。我悶哼一聲，已經準備好了自己的意見，不論看下去，小說會有什麼發展，我相信我的結論，是唯一的結論。

可是看下去，我還是目瞪口呆。

小說寫到方鐵生在轉移出了三十公里之後，駐在一個山坳裏待命，只有少數指揮官才知道作戰計劃，為了嚴守秘密，作戰計劃沒有傳達，營以下軍官，都不知道會有什麼事情發生。

到了約定進攻之前的一個晚上，方鐵生召集了知道作戰計劃的各級軍官，宣布：「作戰計劃有了改變，師長才發了新的軍令，我們在這裏靜候待命。」

方鐵生的宣布，雖然人人都覺得奇怪，但是也沒有不相信的道理。

第七部

小說漸漸變成事實

人人都知道，方副師長和甘師長之間，親密得根本像是一個人一樣。方副師長說的話，等於是甘師長說的，有什麼可懷疑的？

而方鐵生在作了這個宣布之後，就獨自一個人，吩咐了誰都不要跟，自己一個人，走進了山坳深處，當時，也沒有人懷疑他去幹什麼，和到哪裏去了。

一直等到甘鐵生那邊，等無可等，開始突圍，戰鬥一起，槍炮聲傳了過來，那半師官兵，才知道大事不妙，畢竟還有許多作戰經驗極豐富的軍官在，派出去的偵察兵回來一報告情況，再想去增援，先得找方副師長，可是花了三個小時，方副師長蹤影全無，在那樣的情形之下，又耽擱了三小時，甘師長那邊，早已全軍覆沒，剩下的半個師官兵，知道了這種情形，人人含淚，一轟而散。當兵的回家鄉，當官的連家鄉也不敢回，怕給人以為他們叛變了甘師長，大多數流落江湖，甚至有的落草為寇，境況十分慘。

小說最後結尾，寫了作者的感想，作者說，背叛顯然只是方鐵生一個人的事，但是方鐵生為什麼要背叛？背叛雖然是人類常進行的行為，可是在這樣的情形下，方鐵生背叛了，那似乎又超出了人類行為的範圍，是不是雖然經歷了幾千年的文明發展，人類行為還有許多隱性的部分，根本不為人所熟知？

還是現在所知的人性卑劣，只是一層表面，真正的情形，深不可測，使得想去探索一下的人，一想到就害怕，根本不敢起這個念頭？

問題提得像是很有深度，可是由於我對整篇小說，已有了結論，所以在看到了那些問題時，反應和白素完全不同。我記得白素當時，至少看了兩遍，而且十分認真地在思索，但是我看了之後，卻哈哈大笑，而且相信，一定有十分輕佻的表情。

白素用詢問的目光望向我，我立時回答：「因為我已有了結論。」

白素詢問的眼色延續，我用力一揮手，大聲說：「不過，狗屁不通。」

白素略皺了皺眉，我繼續發表結論：「小說寫的，不是事實，不可能是事實，因為如果是事實，絕不會有什麼背叛，方鐵生不可能背叛甘鐵生，這個小說作者，跌進了他自己佈下的陷阱之中，他想製造一個詭異的大轉折，所以一開始，把兩個鐵生之間的交情，寫得那麼深入動人，他不知道這樣一來，就無法發生他後來所要寫的事了，他雖然硬寫了，可是，小説卻變成了狗屁不通。」

我平日也很少這樣長篇大論評説一件事，所以白素也有點意外，她聽得十分用心，等我講完，她緩緩點頭：「單就小説而論，我同意。」

我立即道：「當然只是小説，實際上，不可能有這樣的事發生。」

白素默然不語，我又道：「別相信『小説是完全根據事實來寫的』這種鬼話。方鐵生曾力爭要撤到山上去，如果他爭到了，他怎能背叛？他的背叛，難道是臨時決定的？真不通。」

白素搖頭：「不通的是你，若是他早就有背叛之心，他對甘鐵生如此了解，自然知道他再爭，甘鐵生還是會派他在山下候命。」

我翻着眼：「他對甘鐵生的感情，全是造作？如果是這樣，那不但可怕，而且，他本來是一個在垃圾堆裏打滾的流浪少年，遇到了甘鐵生，命運才截然改變，他為什麼要背叛？做任何事，都有目的，他背叛甘鐵生，目的是為了什麼？」

白素十分鎮靜地回答：「這正是作者想在我們處得到的答案，是她要我們看這篇小說的原因。」我悶哼一聲：「沒有原因，小說寫得不通，狗屁不通。」白素的反應，令我氣結：「所以，我不相信這是小說，相信它是事實——現實生活中發生的一切，還比小說故事曲折離奇，匪夷所思得多。」

我用力搖了搖頭，表示不同意，白素又道：「而且，我堅信，小說中的一切，都是……至少，原始資料，都來自當年的那個參謀長，也就是當年兩個鐵生共戀的對象。因為小說中並沒有詳細寫甘鐵生在山上，等不到方鐵生來應援的痛苦心情——被背叛，是最最令人痛心的事，不寫，是因為那時，他不在山上，他無法想像甘鐵生的痛苦情形，寫不出來。」

我仍然不同意：「也不一定，在小會議室裏，只有甘鐵生和他兩個人作個別談話，談話的內容，也未見寫出來，難道也是他不知道？」

白素現出十分疑惑的神情，顯然，她也無法解釋這些疑團。

我笑了起來：「寫小說，要佈下無數疑團，讓人家看得摸不着頭腦，要看下去，那不算是難事。難的是，每一個疑團，都要能有自圓其說的解答，不然，就絕不能稱為好小說。」

我說到這裏，略頓了一頓：「所以，我給這篇小說的評論還是那四個字：狗屁不通。」

白素微笑——一向以來，她那種充滿諒解的笑容，都極動人，她道：「我也早說過了，這個故事，我寧願相信它是事實。」

討論到了這裏，已經沒有可以進一步研究的了，我和白素，在互望了片刻之後，在時間上一點差別也沒有，齊聲道：「找那作者去。」

要找作者並不難，在歌唱家那裏得到了電話號碼，電話打過去，第一次沒有人接聽，過了幾小時再打，有人接聽了，電話是白素打的，她先自我介紹，然後道：「請找《背叛》這篇小說的作者，君花女士。」

通過電話擴音器，我可以聽到一個相當低沉的聲音，作為女性的聲音來說，略沉了些，但這位女士的年紀絕不會輕，所以也不值得奇怪。

她連聲道：「我就是，我就是，我寫的，你們看了，有什麼……意見？」

白素說得很客氣，可是也很直接：「如果那是一部虛構的創作小說，那麼可算是失敗之作，因為只有謎團，沒有解釋。而如果所寫的一切，全是事實，只是通過了文學的筆法表現出來，那麼，每一個故事的疑團，都有追索的價值，請問，屬於哪一種？」

沉默維持了足有一分鐘，才聽得聲音變得更低沉：「全是事實。只不過名字改了……他們兩人的名字，確然相同。」

白素緩緩地問：「方鐵生一直下落不明？」

回答是：「是！」

白素再問：「甘鐵生呢？生死不明？」

回答仍然是：「是。」

白素一字一頓：「你，就是小說裏，那個竭力想隱藏起來，但是又無法不在某些重要情節中出現的那個人？」

在電話中傳來的，是一下聽來十分痛苦淒酸的呻吟或抽噎聲，人只有在突然之間，被觸動了內心深處最傷痛之處時，才會發出這樣的聲響。

我向白素作了一個手勢，示意白素逼她一下，要她講出來，白素的心地比較軟，正在猶豫間，那邊已傳來哀懇的聲音：「能不能……請你們來……來了之後……我們當面談？」

我向白素又作了一個堅決不答應的手勢，白素的聲音很誠懇：「我們兩個人，你一個人，由你來見我們，比較適合，我可以通知航空公司送機票——」

那邊立即道：「這是小問題……好的，我來。」

白素又道：「你來，還有一個好處，你僑居的地方，是西方人的社會，對於往事的發掘，全然無根可循，到這裏來，可能在中國人之中，找到一些和當年發生的事情有關的人。」

那邊的君花女士，聲音竟然有點發顫：「那麼多年了，還會有人……他們還會在？」

她的聲音之中，充滿了希望，但是也充滿了不信，白素笑着：「當然會有人在，至少，你還在。」

電話那邊，又是一下抽噎聲，白素又道：「我準備把你的小說，立刻發表，只要和當年事情有關的人，一看就可以知道那是什麼事。就算是當年有關的人的朋友、後代，只要聽人講起過，也會知道，畢竟，那是絕不可能發生的事，但竟然發生了。」

君花女士的聲音，聽來淒婉欲絕，她先是重複着白素的話：「那是絕無可能發生的事，但竟然發生了。」接着，她發出了一下幽幽的長歎：「那麼多年了，我一直在想：為什麼？為什麼？要是沒有一個明確的答案，讓我帶着這個疑問死亡，那我相信，我會是地球上最痛苦的一個人了。」

君花女士的話，雖然很誇張，但是她的語調如此哀傷，倒也使人深信她內心的痛苦極深。

白素忙安慰她：「不會很容易有答案，但我們一起努力，總可以有一個合理的解釋──你當然明白，小說寫得十分隱晦，所以希望能和你見面，把當年發生的事，作進一步的了解。」

君花女士的聲音之中，充滿了無奈的悲哀：「有許多發生了的事，真的，請原諒，都是無法說，無法寫的。但只要兩位肯幫忙，我一定盡量說。」

白素十分高興：「太好了，希望你盡快來。一到就和我們聯絡。」

君花女士想了一下：「最遲一星期。」

白素一怔：「為什麼要那麼久？飛行時間，不會超過二十小時。」

在電話中聽到了君花的吸氣聲：「有一點……私人的事，要交代一下。」

白素沒有再堅持：「好，一個星期，我可以把你寫的故事，令很多人知道，看看有什麼反響。」

君花連聲道謝。這次通話結束之後，我十分不滿：「她應該立刻趕來。」

白素低歎：「人各有各的難處。」

我也歎了一聲：「若是當年鐵軍之中，竟然有一個女性的參謀長，真不可思議，難道是現代花木蘭，那就更錯綜複雜，曲折離奇了。」

白素沒有反應，我也沒有再說下去。

接下來的三天之中，白素表現了她驚人的辦事能力，她所做的事，若是照正常的程序來做，至少要三十天。在三天之中，她使《背叛》這篇小說出版，同時作了極為廣泛的宣傳，包括請最受歡迎的歌星、明星誦讀書中的篇章，不但可以免費入場，而且入場者還可以免費得到彩色精印的濃縮故事小冊。

同時，她又通過傳播媒介，一再強調小說所寫的事是真實的事，任何當年，曾對這件事有過直接或是間接記憶的人，只要能提供資料，都可以得到一定的報酬——她為此專門成立了一個工作小組，聘請了二十名對中國現代史有研究的大學生擔任記錄和發問的工作。

同時，她又組織了好幾個有關這次戰役的座談會——她很快地就從史料之中，找到了那場使鐵軍全軍覆沒的戰役資料。

原來那場戰役，在戰爭史上，的確相當著名，我也參加了幾次座談會，參加者有年老的，當然早已退休的軍人，有史學家，有軍事學家和軍史專家，等等。

一個老軍人，在那場戰役發生時，他也在軍隊中，職務是團長，他的話最具代表性。

他說：「當時，我們一聽到鐵軍全軍覆沒的消息，真是驚訝得直跳了起來。鐵軍的將領，都又有勇，又有謀，怎麼會打出這樣的仗來？把部隊退到無水無糧的山上守了五六天，再想突圍，哪有不敗的？那不是打仗，那是向敵人送禮，送的禮，就是全師官兵的性命。」這場戰役的資料既然已經查了出來，師長、副師長、師參謀長的姓名，自然也知道了，但是一方面為了種種關係，另一方面，為了行文方便，所以不擬更改了，仍然稱他們甘鐵生和方鐵生。另一個也是當時就在軍隊中的老軍人，當時的職務較低，是排長，他當時駐地，也在河南省境內，他說得更是具體：「鐵軍失敗，敵軍自然慶祝，我們當時和另一方面的軍隊關係很好，互有來往，只聽說鐵軍的三個將軍，都下落不明，不能肯定是陣亡了，還是逃脫，所以也十分緊張，怕他們捲土重來。」

一個專研究現代戰爭史料的專家說：「我特地研究這場戰役，有資料顯示，戰敗後，有不少鐵軍的士兵和低級軍官又被人見到過，似乎又不是真正的全軍覆沒，可是根據當時的情勢，突圍的一定全被消滅，原來其中還有這樣的曲折，這篇小說，是最佳的軍事史料，不然，憑任何角度，都無法解釋那場自殺戰役，要不是方鐵生的背叛，歷史可能重寫。」

在討論會上的發言，大抵類此，也都是傳聞，猜測居多，連軍事史專家，也不知道當年曾有過一個那樣大膽的作戰計劃。

真正明白內情最多的，自然還是小說的作者，白素做了那些事，目的想把其有關係的人引出來，可是，暫時顯然未能成功。

在第五天晚上，白素對我說：「當事人的年齡，現在都不過是七十歲上下，方鐵生如果在生，年紀更輕，要是這次把那戰役揭開來，能引得當年兩個鐵生，再一起現身，那就太妙了。」

我看到白素興致勃勃，雖然覺得下落不明的人，經過四五十年，再要現身的機會，真是微乎其微，但是也不忍心掃她的興，只是含糊道：「是啊，他們若是出現，自然當年所有謎團，都能真相大白。」

白素瞪了我一眼：「你別敷衍我了，你心裏在說，絕無可能。」

我笑了起來，糾正她的話：「可能性微至極矣。」白素也歎了一聲：「萬一，萬一兩個鐵生又見面了，會有什麼樣的情景？」

我用力揮手：「就算方鐵生還在生，我不認為甘鐵生可以在那麼惡劣的環境之中突圍出來，他的骸骨，早在那座窮山之中化灰了。」

白素又低歎了一聲，沒有言語。

接下來的兩天中，仍然沒有什麼大的進展，各方面提供來的零星資料倒不少。白素每天和君花女士保持聯絡，在電話中聽來，君花女士的語聲，愈來愈是激動哀傷，有時甚至泣不成聲。

我們知道她確切的抵達日期，所以準時在機場接她，我們沒有見過她，但當她一出現，我們就可以肯定，那就是她。

她推着行李車出來，個子很高，走路的姿勢也很挺，穿着傳統的旗袍，套了一件栗鼠皮中等長度的大衣，平底鞋，看走來六十歲左右（實際年齡不止），略施脂粉，臉上雖然已有不少皺紋，但是仍然不減清秀，神態十分雍容大方，尤其是那一雙眼睛，一和她的眼神相接觸，都會被她雙眼之中，那種水靈靈的神采，弄得有點心神繚亂。

若是把她臉上其餘部分都遮起來，只露出這一雙眼睛，那麼，這雙有着動人眼神的眼睛，會令很多人着迷，而且，它們看起來是那麼年輕。

她看來高貴恬雅，一副大家閨秀的風範，在人人都匆匆忙忙的機場之中，她也不急不徐，不失她的風度。

一看到了她，我和白素互望了一眼，都知道對她的第一印象，十分佳妙。

在來機場之前，我和白素，曾有過一段對話。

這幾天的努力，自然也不是白費的，在戰爭史資料中，找到了那個師的主要將領的名單，其中，自然也有那個在小說中神秘之極的，師參謀長的名字，那是一個男人的名字。

我和白素曾為這個神秘人物的性別，起過爭論，我始終認為那時有一個女將軍，是不可思議的事，如果有，早已眾人皆知，不會那麼神秘。白素曾說，她不排除女扮男裝的可能性，我也認為沒有可能，認為「三個男同性戀」的設想，接近事實。

當然，也找出了這個師參謀長的履歷——他的資格極好，畢業自正宗的軍官學校，一出軍校，就已經是校級軍官，他的第一個職務，是團參謀長，相信就是兩個鐵生才升團長副團長時的那個團。

（那次《風塵三俠》的演出。）

白素還想找這個神秘人物的照片來看看，可是卻沒有找到，倒是兩個鐵生有合拍的戎裝照，確如小說中所描寫的那樣，一個瘦削，看來文質彬彬，另一個滿面虬髯，高大威猛得異乎尋常。

本來，全是小說中的情節，可是點點滴滴，忽然全有事實可以勾索出來，那實在是相當有趣的事，而如今，一個最重要的關鍵人物又出現了，自然到了最緊張的時刻，我和白素，一起迎了上去，白素先開口：「君花女士？」

君花女士向我們望來，眼神中有着迷惘和哀愁，她略點了點頭。我已接手替她推行李車，白素在問：「在舍下住幾天，還是要酒店？」

君花略想了想：「要是不太打擾，寧願在府上。」

白素由衷地表示她能當主人的高興：「好極。」

出了機場，上了車，大家都沒有再説話，我性急，好幾次要開口，都被白素以眼色止住。

我只好在心中咕噥着幾句講出來不是很好聽的話。

到家之後，白素還真沉得住氣，先張羅吃的，再問君花女士，是不是需要休息，我就幾乎忍不住了，然而這兩三個小時，我也沒有白費，我在用敏鋭的觀察力，打量我們的客人。

她的個子相當高，至少有一七五公分，手腳也很大，雖然舉止十分溫雅，可是有不少動作，卻又相當男性化。女性到了這個年齡，自然談不上什麼身材了，而她的旗袍，也是很寬鬆的那一種。

她的皮膚相當白，在這個年紀，還可以看得出細膩，手背上皺紋自然不免，但是手指的動作，還是相當纖巧。她的口音是中州口音，聲音低沉，很是動聽。

以我的觀察力，竟然也難以看得出這個人，究竟是什麼出身，只是從她的某些手部動作上，可以看出她可能受過地方戲曲的訓練，因為她在説話時候的手勢，很有點像是演員在舞台上的「做手」。

她還沒有回答白素問她是不是想休息的這個問題，我已忍不住道：「我相信君花女士，也一定急着想聽聽我們的意見了。」

白素沒有表示反對，君花長長地吸了一口氣：「是的，兩位的意見我也知道，覺得那是沒有可能發生的事，可是的確曾發生過。」

白素道：「對，我這幾天搜集了許多資料，都不知道鐵軍的作戰計劃，可知保密工作進行極好，計劃不應該失敗的。」

君花喃喃地道：「是，如果不是有絕意料不到的背叛的話，作戰計劃會成功。」

白素又道：「為了了解當時的情形，有許多問題，要請你作毫無保留的回答。」

君花在聽了白素的話之後。坐着不動。她一定經常習慣於那樣的凝坐，不然，不可能一坐好幾分鐘，幾乎連眼也沒有眨過，看來就像是一尊塑像。

我好幾次要開口，白素都阻止我，只是作了一個手勢，命我去取酒，我取來了酒，斟了三杯，放在桌上，故意弄點聲響出來。

君花這時才又吁了一口氣：「好，我什麼都直說。」

第八部

鐵軍中的大「醜事」

白素立時問：「在小會議室中，師長對你說了一些什麼？」

白素這個問題一出口，我就大是震動，而君花女士的反應，更是強烈無比。她陡然站了起來，伸手指向白素，手指和口唇都在發顫，神色慌亂，眼中更有焦急之至的神色，而白素卻早有準備，拿起一杯酒來，塞進了她發抖的手中，她立時握緊了酒杯，片刻也不耽擱，一口就喝乾了酒。

我在這時，也鎮定了下來，立時向白素望去，要她給我答案。

白素突如其來，問了君花那樣一句話，那是肯定了君花就是當日鐵軍的參謀長，也就是兩個鐵生共同的戀愛對象。她是何以肯定這一點的？看君花的反應，白素的猜測，顯然是事實。

白素不問她當時是什麼身分，而直接問她在那間小會議室中和師長說了些什麼，那自然是認準了君花就是那個重要的角色，用迅雷也似的一問，逼得她非承認不可，不給她以任何推搪的機會。

白素向我作了一個「稍安毋躁」的手勢，我們一起向君花女士望去。

只見她一口喝乾了酒之後，仍然站着，驚愕詫異，激動害怕，神情複雜之極。但沒有過了多久，她就頹然坐了下來，幾乎連酒杯都握不住。

白素把酒杯自她的手中接過來，她略抬了一抬手指，指向另一杯酒，白素再把酒交在她的手中，這一次，她卻不再一口喝乾，而是一小口一小口，幾乎不像是在喝酒，只是抿着，看來像是她的口唇在親吻着酒。

白素反手按住了我的手，那是不讓我催君花快開口，我心中暗歎一聲，心想你真正的身分已暴露了，看你再能拖多久。

同時，我心中的疑惑，也在不住翻滾，難道她當年真是女扮男裝去讀軍官學校的？這真有點難以想像。

我注視着她，她喝得雖然慢，但是杯中的酒，還是在慢慢減少，她的臉色，看來卻更蒼白，一點血色也沒有，她的視線，一直停在緩緩轉動着的酒杯上，眼神明顯地，愈來愈是迷惘。

所以，當她終於喝完了杯中的酒，又望了空杯子一會，抬起頭來時，她的眼神，恍恍惚惚，朦朦朧朧，再加上她那種惘然之極的神情，看得人心頭發酸。我自然可以忍得住，可是白素的眼角，已有點潤濕。反倒是君花她自己，並沒有淚花亂轉，看來她並不想哭，可是也正由於那樣，反倒更叫人覺察到她內心的沉痛。

她準備講話了，因為她的口唇開始顫動，她的口唇很薄，口形很好看，在年輕的時候，不消説，一定極其動人。

我在想，當年的事，千頭萬緒，雖然那些事，一直在她的心頭翻滾，只怕連最微末的細節，她都記得，但是猝然之間，叫她説，她不知自何説起。

她口唇又顫動了好一會，才開始説，她那時的神態，十分令人同情，所以我也不忍心再催她。而她終於開口説了話，所説的那幾句話，卻是我和白素再也想不到的，一時之間，令得我們兩人，駭然互望。

她的聲音很低沉，帶着傷感，可是也有極深厚的感情，她説：「我才關上門，他就緊緊抱住了我……他把我抱得那麼緊，緊得我透不過氣來，只感到他濃重地在呼氣，呼在我的頸上。」

我和白素駭然互望，想像着當時的情景——甘鐵生的身高，不應該比她矮，那麼，抱住了她，呼吸怎麼會呼在她的頸上呢？可想而知，甘鐵生抱住她的姿勢，一定有多少古怪。

我和白素，立時在對方的眼神之中，知道各自想到了相同的答案——人在極痛苦的情形之下，緊抱着一樣直立着的東西時，身子會自然而然向下沉，直到跪倒在地上為止，那時甘鐵生的情形，一定如此。

果然，君花接下來說的是：「他身子一直向下沉，我怎麼也拉不起他，直到他跪倒在地，他仍然緊抱着我的雙腿，仰起臉來看我，已是淚流滿面，我竟不知道他是高興還是難過，我知道自己的身子在發抖，也感到他的身子，在劇烈發抖。」

雖然白素仍然用她的手，用力壓緊我的手，不讓我發問，可是我還是忍不住問了出來：「他們發現你是女人很久了？」

這句話才一出口，我就知道自己問了一個十分愚蠢的問題，一則，由於白素立時發出了一下低歎聲，並且揚手在我額頭上，輕輕鑿了一下。二則，君花女士的反應也說明了這一點，她用一種十分異樣的神情望着我。三則，我自己也想到了事情還有別的可能。

君花女士，現在，當然誰都可以肯定她是女性，所以，簡單的推理法就是當她是高級軍官的時候，她以女扮男裝的姿態出現，所以我才有此一問。

但問了出來之後，我就想到，不是只有女扮男裝一個可能，自然，有可能她根本是女人，另外還有一個複雜得多的可能是，她當時，根本就是男人。

一個現在是女人的人，不一定過去也是女人，通過外科手術，把男人變成女人的例子很多，我應該想到這一點。

可是當我想到這一點時，我不禁苦笑。不論是三個男人也好，是兩男一女也好，事情已經夠複雜的了，現在變成兩個男人和一個忽男忽女的人，那情形也自然更是複雜至於極矣。

我向君花發出了一個表示抱歉的笑容，她卻十分淡然，歎了一聲：「我一直當自己是一個有女性化傾向的男人，從小就這樣，所以才特地進入軍官學校，想使自己多一點陽剛之氣，誰知道……一直到相當久之後，我才知道，我更適宜做女人，這才進行了手術，在這以前，我絕不否認自己喜歡男人，那是細胞中的密碼決定的……無可奈何的命運。」

我和白素聽了默然，不知道如何搭腔才好。雖然君花說來十分大方，可是若是太直接地討論這個問題，我們和她究竟不是太熟，不免有點尷尬，所以我們只好含含糊糊地應着。

君花又吸了一口氣：「我那時的名字是君化，變性之後，才加了一個草頭……連名字也女性化了。中國古代有不少關於我這種人的記載，都說極端不祥，是不是由於我……才有以後發生的慘事？」

我悶哼一聲，十分不客氣地直斥：「別胡說八道了，什麼祥不祥的，應該發生的事，總會發生，不會發生的，怎麼也不會。」

君花低歎連聲，白素伸手在她的肩上輕拍了幾下，表示撫慰，我們兩人的態度，一個直摯，一個柔情，都使她感到親切，她現出感激的神色，白素道：「請說下去，事實上，你在小說中沒寫出來的事，我們都想知道，反正全是往事，什麼事都不要緊。」

我笑了笑：「你把你自己，在小說裏變成了隱身人，其實，就算明寫出來，也沒有什麼，你有女性化的傾向，他們兩個有同性戀的傾向，同時……喜歡你，那也不是什麼大不了的事。」

我口中雖然說：「沒有什麼大不了」，可是在說的時候，還是很有顧忌，說了「同時喜歡你」，君花卻十分認真：「何止喜歡，他們都極愛我。」

我和白素點頭，君花又呆了片刻：「當時我們三人都極痛苦——就算是正常的三角戀愛，也已經夠叫人受折磨的了，何況我們是三個大男人，根本無法傾吐自己心中的感情，還要竭力不叫旁人看出來，方鐵生笑起來，笑聲聽來豪邁之至，可是只有我和甘鐵生，才知道他的笑聲，發自他比黃蓮還苦的心。」

白素歎了一聲：「那也不對啊，你不是和他在一起，沒有上山嗎？」

我明白白素的意思，是方鐵生既然得到了君花，就沒有理由再背叛了。

君花垂下了頭，她這時那種垂頭的姿勢，像是她的頭再也不能抬起來一樣，但是過了沒有多久，她終於又勇敢地抬起了頭來，緩緩搖了搖頭，又過了片刻，才道：「還是從小會議室中發生的事……說起。」

我和白素都沒有異議，君花又歎了一聲：「甘鐵生跪在地上，身子發抖，頭靠在我……身上，我只好摸着他的頭髮，雙手緊捧着他的頭……」

以下的一些經過，涉及男性同性戀的行為，可能看來會有點怪異，但絕不會形成「少年不宜」的後果。男性同性戀行為內容十分複雜，而且也逐漸普遍，當然，無此好者，不必深入探討，但略知皮毛，知道在無數人類行為之中，有這樣的一種，也屬必要。

君化的雙手，捧住了甘鐵生的頭，安慰他：「你怎麼反倒哭了？我決定陪你上山，該哭的是小方。」

甘鐵生仰起頭來，淚水在他的臉上流開去，他先是深深吸了一口氣，令自己鎮定下來：「我太高興，你終於有了決定，我和他早就商量過，我們的事，是很難解得開的結，但不是死結。」

君化有點不滿：「你們商量的時候，一定照着你們兄弟的義氣，把我推來推去的了？」

甘鐵生把君化抱得更緊，這時他的情緒也不再那麼激動，一挺身，站了起來，可是仍然把君化抱在懷裏：「你錯了，像每一次戰役，爭着擔當危險的任務一樣，我們誰也不肯相讓。」

君化低歎了一聲：「前生的冤孽，我……跟了你，可難為了他。」

甘鐵生也歎了一聲：「不，現在，我要你跟他，我知道你做了抉擇，要了我，已經夠高興的了，可是這次戰役，不能失敗，你必須跟他，要是你跟我上了山，他……他要是一時想不開——」

甘鐵生說到這裏，停了下來，望向君化。君化雖然捲在反常的感情漩渦之中，而且又是心理上十分不平衡的人，但君化畢竟是軍官學校的高材生，也有着豐富的作戰經驗，所以一聽得甘鐵生那樣說，就知道了事情的嚴重性。方鐵生別說「一時想不開」，只要他由於心中哀傷，心神不定，在部署或行動之前，稍為出一點差錯的話，就是全軍覆亡的大禍。

他自然也知道，甘鐵生對他說出了這番話來，心中是忍受多麼大的哀痛，他自己也一陣心酸，淚如泉湧：「你就只想打仗？」

甘鐵生一挺胸：「我是軍人。」

君化的手，在甘鐵生的臉上，仔細而又輕柔地撫摸着，然後垂下手來，聲音哽咽：「只是苦了你。」

甘鐵生現出難看的笑容：「其實我們早該想通——總要苦一個的，當然是苦我。」

這一次，輪到君化靠在甘鐵生的肩頭上大口喘氣了，甘鐵生的聲音已完全鎮定下來：「別讓任何人看出一點情形來，我們該出去了。」

君化和甘鐵生在小會議室中並沒有耽擱多久，那時，方鐵生在門外，已是焦急不堪，好幾次想要衝進門去了。

君花講到這裏，再歎了一聲：「甘的決定，是犧牲自己，顧全大局。方有了意外之喜，那天……到了我們單獨相處時，他連翻了八十一個筋斗，說一個筋斗代表一生，他要和我相處九九八十一生。」

我不由自主，眼角有點跳動，甚至不敢和白素互望。都只說男女之間的情愛纏綿之極，問情是何物，直教人生死相許。想不到兩個男人之間，也可以有這樣的情意——許起願來，不是來生再相處，要是要八十一生，相處在一起，那真是冤孽糾纏，無休無止了。

白素只是十分平淡地問了一句：「那時候，你們都沒有想到方？」

君花怔了一怔：「我當然想到，可是看他那麼高興，我沒敢說什麼，只不過他當然也想到了，因為忽然之間，他坐在地上，雙臂環抱膝頭，把下頷抵在膝上，雙眼發直，好一會一動不動，然後又道：『真是，為什麼不能人人都快樂？』我不知道他在說什麼，只是靠着他，也沒敢搭腔，第二天，作戰計劃就開始了。」

她講到這裏，停了一停，才又道：「那麼多年來，最令我想不通的是，他若是心存背叛，別人看不出，我一定可以看出一點迹象來的，可是事後，不論我怎麼回想，也想不到一點他要背叛的迹象。」

我道：「或許是他隱藏得好，又或許你那時正捲在感情煩惱之中，對事情的觀察力，沒有那麼敏銳。」

君花搖頭，表示不同意我的話，白素道：「難道一點異特的動作，一句突兀的話都沒有？任何人，要進行那麼巨大的陰謀，都不可能只是一個人進行，不和別人商量一下的。」

君花苦笑：「要是和人商量的話，他只有和我商量，但也決不能和我商量，因為他也知道，我可以為他去殺人放火，傷天害理，但決不會和他一起去害甘鐵生。」

白素又道：「巨大的陰謀，若是蓄念已久，精神狀態也必然有異，你應該覺察得出。是不是在你的記憶中忽略了這一點，還是後來事發之後，你受刺激不堪，以致失去了部分記憶？」

君花忙道：「不，不，我什麼都記得……一直翻來覆去地在想，只有那一晚上，他的行動、神態，有點怪異，但那是約定發動襲擊的前一天，他表現得興奮、激動，也是很自然的事。」

我忙道：「約定攻擊日子的前一天？」

君花點了點頭，我又道：「就是那一晚，他宣布才接到了甘鐵生的命令，說作戰計劃有了改變，不進攻，在原地待命。」

君花用力搖了搖頭，像是想把雜亂無章的記憶，理出一個頭緒來：

「嗯……他在下半夜，突然緊急集合知道作戰計劃的軍官，我說他的神情興奮……那是上半夜的事。」

我和白素異口同聲：「那一晚上一定發生了極不尋常的事。」

君花點頭答應：「我們到達了那個山坳之後，雖然採取了嚴格的措施，不准任何人擅自離開，但為了嚴守秘密，仍然決定不到最後一刻，不傳達命令，所以，知道真正進攻計劃的，還只是少數軍官。我和方……早兩天就找到了一個十分隱蔽的山洞，我們的關係……就算現在，也會被當作是醜事，要是被別人發現，只怕這半個師的兵力，就會瓦解。」

我和白素，自然而然發出了一下低歎聲，這種情形發現在軍隊之中，真是相當尷尬，尤其在如此驍勇善戰的部隊之中，他們的行動，真是要十分小心才行。

君花又道：「為了不讓敵人的偵察部隊發現，我們並不舉炊，只吃乾糧，想到在山上的袍澤，環境更加艱苦，我們自然不覺得怎麼樣。那天，天才入黑……」

天一入黑，知道作戰計劃的軍官，都知道，離決定性的攻擊快近了，這一仗打下來，人人都知道鐵軍的聲威必然大振．也人人知道，戰爭，不論多麼有勝利的把握，不論有多少奇謀詭計，打得多麼漂亮，必然要付出一定的代價，必然有人在戰場上倒下去。

樂觀的人想到這一點時，只是聳聳肩，有野心的人想到這一點時，會想到一場仗下來，自己的官階，可以作什麼程度的擢升，悲觀的人——沒有悲觀的人，戰場上容不得悲觀者，悲觀者早已被淘汰了。

方鐵生和君化一起在那個小山洞中，他們的行動十分隱蔽，沒有人知道他們在何處，他們在那個小山洞中，也不出聲，只是靠在一起，坐着，享受着即將投入驚濤駭浪之前的寧靜。

突然，方鐵生挺直了身子，像是他突然聽到、看到了什麼異像一樣，君化立時向他看去，看到黑暗之中，方鐵生目光炯炯，虬髯蝟張，模樣威武之極，這是一副任何女性看了都會心怦怦亂跳的威武形象，有濃厚女性傾向的的君化，自然也看得心中很有異樣的感覺。

他看到方鐵生注視着山洞的洞口，這時，暮色漸濃，看出去，洞口外，一片朦朧，君化低聲問：「感到了什麼？」

方鐵生作了一個手勢，仍然注視着外面，可是他卻現出了極興奮的神情，面肉在不由自主抽動着，胸脯起伏，在急速喘氣。君化忙把手按向他的胸口，發現他的心跳得十分劇烈。

方鐵生吸了一口氣，按住了君化的手，有點像自言自語：「真怪，我一生之中，只有三次有這種奇妙的感覺，會……有些事發生了。」

君化低聲問：「哪三次？」

他在這樣問的時候，早知道其中一次的情形怎樣，可是他還是喜歡聽方鐵生再說一遍。

方鐵生緩緩地道：「第一次，是我在那小火車站的垃圾堆中，陡然轉過身來，看到師長——當時是排長——的時候。」

君化「嗯」地一聲：「第二次是見到了我？」

方鐵生用力點頭，像是世上再也沒有比這件事更可以肯定的了：「你才打好了妝，一抬起頭來，汽燈光芒奪目，照着你上了妝的臉，紅是紅，白是白，當年的紅拂女，肯定不及你萬一，哪一個不看得發呆發癡。」

君化幽幽地道：「個個發呆發癡，都不像你們兩個那樣真的發癡。」

方鐵生喟歎：「這叫作是五百年前風流債，嘿，什麼戲不好演，偏演這一齣。」

君化搖頭：「不管演什麼戲，只要有旦角，還不全是我的份？」

方鐵生忽然笑了起來：「你才從軍部來報到時，我就一愣：怎麼派了一個小花旦來當參謀長。官兵上下，也直到你那次領了敢死隊，攻下了七號高地，才真正服了你。」

君化歎了一聲：「我總覺得……」他本來想說說自己的心事，但是隨即想到：「以前只聽你說有過兩次，怎麼忽然又多了一次？」

方鐵生沉聲道：「就是剛才，我又有了這樣的感覺，奇怪，我甚至什麼也沒有看到。」

君化用力推方鐵生：「那你還不出去看，說不定有更值得你心愛的，就在外面等你。」

君化當時，未曾料到方鐵生真的會在他的一推之下，立時一躍而起，大踏步向外走去。當他定過神來時，方鐵生已走出了山洞。

君化心中很不是味道，但繼而一想，可能是方鐵生的心中真有了這樣強烈的感覺，那不知道是什麼事？

他沒有停留了多久，就也走出了山洞去，可是暮色四合，方鐵生不知道哪裏去了。他等了一會，遇到幾個低級軍官，他好幾次想問：「有沒有見到副師長」，但是心中有鬼，那麼普通的一句話，竟會說不出口。

他等了半小時左右，天色已完全黑了下來，還是未見方鐵生，他在兩小時之後，到處找方鐵生，可是一直未能找到。

方鐵生可能是深入每一個班，每一個排之中，和當兵的在打交道，以鼓勵士氣，這種事，方鐵生在重要的戰役之前，經常進行。

一直到過了午夜，他已急得團團亂轉了，通訊班長突然出現在他的面前：「副師長在召開軍官會議，請參謀長立刻去參加。」

君化是跑前去的，這次會議，方鐵生宣布了「作戰計劃」改變。

我有點生氣，可以說十分生氣：「你難道一點也沒有懷疑？你熟知甘鐵生的作風，難道一點沒有懷疑？」

君花長歎一聲：「我當時非但懷疑，而且懷疑之極，但是我立即想到，懷疑這兩個鐵生之間的交情，簡直可恥，我太熟知他們了，知道他們互相之間，有着過命的交情，我甚至沒有問一個字，只是用疑惑的眼光，望了他一下，他也立時用眼神給了我回答。」

我忙道：「他怎麼說？」

第九部

一直活在痛苦之中

君花瞇着眼，盡量把自己拉進過去的時間和空間之中：「他的眼神告訴我，他正有極興奮的心情，事情出乎意料，可是又極度的好。」

我頓腳：「他已經在向你透露他開始背叛了，不過你卻沒領會。」

君花呆了好一會，但又十分堅決地搖頭：「不，我在他的眼神中，只感到高興，沒感到有什麼陰謀。」

我再頓足：「唉！他的陰謀，一開始就那麼成功，連你也不起疑，他怎能麼不高興？」

君花神情惘然：「他沒有任何理由要背叛甘鐵生，一絲一毫都沒有。」

白素說得十分委婉：「可是事實上，他傳達了假的命令，按兵不動，令得甘鐵生和上了山的一半兵力，遭到了極悲慘的命運。」

君花的歎息聲十分哀怨：「沒有被敵人消滅的那一半，也同樣悲慘……聽到了炮火聲，派出去偵察的人，帶回來的消息，令人聽了手腳冰冷，可是找不到副師長，等到我決定率部去拚命時，消息傳來，說山上山下，已經全是在歡呼勝利的敵軍，我們再攻上去，無異是送死。有一個副團長，當場氣得自殺，我咬牙切齒立誓，說一定要把方鐵生揪出來，立完誓之後，滿口都是血，鮮血竟不知是從哪裏冒出來的。」

君花說到後來，聲音發顫，事情隔了將近半個世紀，她仍然那麼激動，可知當時情形的激烈程度。

我搖了搖頭：「在方鐵生傳達了假命令之後，你難道一直沒有見過他？」

君花皺着眉，皺了很久，才道：「在有人的場合，我和他都不是太敢親熱，至多只是交換一下眼色，他在傳達了……假命令之後，有幾個軍官圍着他在說話，我離他不是很遠，交換了幾下眼色，我一直感到他的心中十分興奮，他年紀輕，心中高興，在眼神中根本掩飾不住——我也一直不相信一個正在進行卑劣陰謀的人，會在眼神中能有那麼純真的高興神采。」

我和白素互望了一眼，都沒有說什麼，君花是憑她的感覺和感情在說話，我和白素，是根據事實，事實是：方鐵生的行為，是不折不扣的背叛。

君花停了片刻，才又道：「他在和別人交談，可是忽然之間，提高聲音說了一句話，我知道，這是我們之間的習慣，他這句話，其實是說給我聽的，通常，我一聽就可以明白他想說什麼，可是這一次，我卻不是很懂，他說的是：『這一場仗，我們有神助，不必打就早已贏了。』」

我悶哼一聲：「他說的是反話。」

君花面肉抽動了幾下：「他說着，轉身就向外走了開去。我們之間，為了避人耳目，行動十分小心，約定了很多暗號，他若是要我跟出去，會把手放在背後，豎起一根手指，可是那時，他卻雙手都握拳，所以我就沒有立即跟出去，他離開之後約半小時，我總覺得有點疑惑，想去找他，卻找不到了，等到壞消息傳來，全軍上下都在找他，才有幾個兵說，他們曾看到副師長，站在半山腰一個突出的石坪上。」

君花說到這裏，神情變得十分怪異：「那石坪，我和他一起上去過，不是很容易上得去，上去了，也沒有什麼好看的，他又去幹什麼？但是他身形十分壯偉，不會叫人看錯，可是再攀上石坪去找他，卻又找不到他，從那次……慘事之後，不但是我，殘部之中，至少有一大半人要把他找出來。」

白素細長地吸了一口氣：「可是一直沒有結果？」

君花黯然：「一直沒有結果——這件事也不可思議之至，在山上突圍不成的甘鐵生，自然凶多吉少，雖然他的屍體一直未曾找到，但已不存希望。可是方鐵生他……絕無陣亡之理，他……臨陣脱逃，竟躲得那麼好，我相信他還活着，不知道躲在哪一個角落。」

君花的感情十分複雜，一方面，她找不出方鐵生背叛的理由，覺得迷惑，另一方面，背叛的事實，卻又令得她痛心無比。

她又喝了一大口酒，才又道：「我又想知道甘鐵生在山上，等方鐵生率部來攻而等不到時，是什麼樣的一個情景，可是卻沒有結果，上山的鐵軍，戰到最後一兵一卒，全部壯烈犧牲，一個活口也沒剩下，根本不知道……他知道了被背叛之後，心中是怎樣悲苦，他……可能滿額沁出來的，不是汗，而是血珠子。」

我設想着甘鐵生當時的情形，可是實在無法設想。像甘鐵生那樣精彩的人物，在絕無防備的情形之下，在這樣的環境之中，遭到了這樣的背叛，就算山下沒有幾倍兵力的敵軍，對他來說，那也如同一柄利刃，戳穿了他的胸膛，猶如一枚利釘，釘進了他的腦門，他的心所感受到的創痛，應該是人類所能忍受的極限。

如果他根本承受不了這樣的傷痛，就此腦部活動全部錯亂或停止，像有些人在受了重大的刺激之後，變成了瘋子，那倒也好了，痛苦只是一閃而過，從此就什麼也不知道了。

可是他顯然沒有那麼幸運，因為還曾有過激烈的突圍戰鬥。

他要是在作戰時犧牲了，那還可以說是幸事，因為戰鬥只不過半天，痛苦也不算持久。要是他竟然孤身突圍逃出，又活了下來，如果活到現在的話，那麼，他所受痛苦的煎熬，又該怎麼算法？

我們三人所想到的，顯然都是同一個問題，這從我們凝重而悲哀的神情中可以看出來。三人之中，自然以君花的哀傷最甚，她雙手掩着臉：「要是甘鐵生還在人間，那……那真是人間慘事之最了。連我也常感到『生不如死』這句話，有時很有道理，若不是不甘心心中存着疑問就死，我也早就自己了斷了。」

白素歎了一聲：「有些時候，人在心靈精神上受了巨大的打擊，忽然之間，變得大徹大悟，也是有的。」

君花緩緩放下手來：「那……只怕不會是我們這種普通人……我們這種人……糾纏在奇形怪狀的情慾之中，翻滾不出情慾的煎熬，怎能大徹大悟？」

我望着君花，心中也覺得替她難過，看起來，她這一生，除了弄清楚當年為何會發生背叛之外，再也沒有別的願望了。

我站了起來：「有一點很說不通，方鐵生肯定未受敵軍收買？」

君花說得極堅決：「沒有，哪一支部隊不知道兩個鐵生之間的關係？誰會沒有頭腦到企圖收買一個鐵生，去對付另一個鐵生？」

我道：「有可能方鐵生主動找人接頭？」

君花仍然大搖其頭：「就算他對人說，人家也不會相信，一定當作是詐降的詭計。事實上，敵軍一直不知道鐵軍有一半兵力，不在山上，事後，敵軍的兩個師長，退出行伍，理由是這次戰役，他們的運氣太好了，絕無可能再有第二次相同的好運，再不及早抽身，還等什麼？」

我也喝了幾口酒：「那麼，方鐵生背叛的目的是什麼？」

白素伸過手來，握住了我的手，君花口唇顫動着：「我問了幾十年，唯一的答案……似乎只是……他要甘鐵生死，他要甘鐵生在極大的痛苦中死去。」

我用力一頓足：「更沒有道理了，他為什麼要甘鐵生死？他和甘鐵生的感情，難道是假的？」

君花神情又陷入極度的迷惘：「絕假不了，一直到現在，我還是寧願相信，要是甘鐵生有難，方鐵生會毫不猶豫，犧牲自己去救他。」

我還想問，白素也道：「在這件事上，不斷問為什麼，並沒有意義，因為每一個問題，都不會有答案，研究方鐵生的行動還好些。我想，在山洞中，他突然要離開到洞外去看看，這個行動，一定極重要。」

我立時道：「那時，他突然有了某種感應，十分強烈，和他生命中兩次重大的轉折，可以相提並論。」

君花苦笑：「可是實際上，山洞外面，卻什麼也沒有。」

白素不同意：「你太肯定了，你出山洞的時候，方鐵生也已不在，如果山洞外有什麼，他遇上了，你沒遇上。」

君花遲疑了一下：「當時，至少山洞外，沒有什麼聲響。」

白素和我互望了一眼，後來我們討論，都覺得當時，我們想到了一些什麼，可是卻又沒有法子捕捉到問題的中心。

君花的神情十分迷惘：「我一直認定，那決不可能是蓄謀已久的背叛，一定是有一個突發的，不可抗拒的原因，導致方鐵生作出了那種可怕之極的行為。」

我和白素仍然保持着沉默，君花不住地歎息着，過了好一會，我才道：「如果有這樣的原因，你一定是第一個，或除了他自己之外，唯一知道的一個人。」

君花聲音苦澀：「應該是這樣，在那幾天之中；他對我說了許多許多話……」

這位經過了轉性手術，由男性變成了女性的傳奇人物，在說到這裏時，神情並沒有什麼不自在，雖然她是在追述當年的一樁同性戀的事件，可是她的神情仍然十分自然，只是她的聲音，愈來愈是低沉，愈來愈是惘然：「他什麼都對我說了，當時我們的關係……可以說是人類關係之中最徹底，最赤裸的關係，從心靈到肉體，相互之間，再也沒有任何隱瞞……」

我聽到這裏，想起當年這位君花女士還是男性，他們之間的行為，是不折不扣的男性同性戀行為，雖然我並不歧視這種行為，可是也總覺得十分異樣，所以不由自主，震動了一下。

君花立時覺察到了，她停了下來，望着我：「你不相信我們之間的感情。」

我不喜歡她說這句話時的態度，所以說的話，也就不怎麼客氣：「是的，我不相信，我只認為那是在軍隊之中，長期缺乏和異性接觸所形成的一種變態行為。」

白素連碰了我兩次，可是我還是把話說完，君花的臉一下子變得煞白，可是她神情依然堅決：「你是用有偏見的眼光來看我們，而實際上，我們之間的關係之真誠，遠在異性戀之上。」

我冷笑一聲：「不見得，方鐵生宣布作戰計劃改變之前，你何曾知道？他作出那樣的決定，必然有一定的思想過程，他和你商量了？」

我說着，君花的神態愈來愈難看，身子也像是篩糠也似地發着抖。

我不理會白素的眼色，繼續說：「他從頭到尾瞞着你，他的背叛行為，不但針對甘鐵生，也同時針對你，針對所有的官兵，而你到現在，還在說你們之間的感情真誠坦白？」

我的話說得十分快，說到後來，君花伸出了雙手，像是想把我說的話擋回去，等我的話說完，她臉上一絲血色也無，無論從哪個角度去看，看來不像是一個活人，白素一面用責備的眼光望向我，一面也緊張地握着我的手，大家都不出聲，連空氣都像是僵凝了。

好一會，君花才長歎一聲，緩緩地搖頭：「雖然事實是如此，可是我還是認為，那只是一宗突發事件。是，他沒有和我商量，有一些事隱瞞着我，可是我相信，他一定有不得已的苦衷。」

我再度冷笑，對方鐵生、甘鐵生或君花，我沒有任何偏見。可是事實上，方鐵生是一個背叛者，而我十分鄙視背叛行為，我自然不會掩飾我這種情緒，所以我的話仍然不留餘地：「不得已的苦衷？我看不出有什麼苦衷，若是他對甘師長有感情，像他做的表面功夫一樣，那大不了他死，也不會害人。你可曾想到過，甘鐵生在山上，等方鐵生發動進攻，而等來等去等不到時，那是什麼樣的一種悲痛心情？」

君花十指互纏，緊緊地扭着，人的手指竟可以扭曲成這樣，看了也不免驚心動魄。

白素忙道：「都過去那麼多年了，甘師長一定早不在人世，當時的痛苦，自然也煙消雲散，再也不存在了。」

白素的話，雖然空泛，但是也沒有什麼別的可說了，君花的回答卻出乎意料之外：「不，他……沒有死，沒有人知道他是怎樣活下來的，可是我知道他沒有死。」

我和白素相顧駭然：「你怎麼知道？」

君花深深地吸了一口氣：「當我決定把我所知的所有經過寫出來之前，我舊地重遊了一次。」

我和白素都發出了「啊」地一聲低呼聲，君花連性別都改變了，她長期僑居在外國，自然以僑居地的公民身分去重遊舊地的了。

君花的臉上，稍微有了幾分血色：「那一次，是真正的舊地重遊，從我擔任他那個團的參謀長，第一天到團部報到的那個小鎮開始，凡是記憶之中，作戰也好，調防也好，到過的地方，全到了，我受到相當熱烈的招待，沒有人知道我的真正身分和目的，只知道我為了寫作而來尋找資料。」

這一次，連白素也性急起來：「就是在那次，你見到了甘鐵生？」

君花聲音低沉：「不，我沒有見到他，可是知道他沒有死。」

白素和我，都向她投以急切的詢問的眼色。君花苦笑：「我在七號高地前停留了很久，然後，自然到了當年他領了半個師退上去的那座山，那真是窮山惡水的死地，當地鄉民說，山裏有一個怪人，又瘦又乾，隱居着，不讓人家找到他，當地政府曾很多次，組織了搜索隊，進山去想把他找出來，可是一直不成功。可能有三五年沒有人見到他，但是他又會忽然出現一下。」

我「嘿」地一聲：「這種深山大野人，連現代化的都市中也常可見到，不足為奇，也不能說那就是甘鐵生。」

君花停了片刻，面肉抽搐，神情十分痛苦：「當地鄉民又說，每年，總有五六個晚上，這個怪人會發出可怕的嚎叫聲，叫聽到的人，又是害怕，又是傷心，每年他發出嚎叫聲的日子是固定的——」

我「啊」地一聲：「就是那次戰役進行的日子？他在山上等候方鐵生講攻的日子？」

君花緊咬着下唇，點了點頭。

白素急急問：「他不肯見你？」

君花閉上眼睛：「我到山中的時候，正是……那幾天日子，當夜，就聽到了他的嚎叫聲，那種叫聲，唉唉，真不是人發出來的，聽了之後……人真的不想再活，我發狂一樣滿山亂竄，也叫着……直到喉嚨啞得一點聲音都發不出來，可是他沒有出現。」

君花頓了一頓，才又道：「鄉民說，那嚎叫聲，根本不是人發出來的，是山精鬼魂所發，可是我知道，那是他，他沒有死，一直活在極度的苦痛之中，活在被自己最親最愛的人背叛的無邊苦痛之中。」

聽到這裏，我不由自主，打了一個寒顫，因為那如果是事實的話，實在太可怕，太殘酷了。簡直難以想像，那麼多年來，甘鐵生是在什麼樣的痛苦煎熬中過日子。若是他乾脆心緒整個散亂，成了瘋子，無知無覺．那倒也罷了，可是從他每年到了這日子，就發出嚎叫聲這一點來看，他神智顯然是清醒。

方鐵生的背叛，替他帶來了無窮無盡的痛苦，每一分每一秒，痛苦在啃嚙着他的每一根神經，每一個細胞，他是怎樣活下來的？他懷着什麼目的，一直要活着？他心中最悔恨的是什麼？是不是幾千次，幾萬次地後悔當年在垃圾堆中把方鐵生撿了回來？是在後悔他向方鐵生叫出了那一句充滿了溫情的「小兄弟」？

還是他絕不後悔他付出給方鐵生的友誼，只是想弄明白方鐵生竟然在全無可能的情形下，會對他進行了如此徹底的背叛？

這許許多多問題，旁人再揣測，也不會有結果，自然非得把他找出來不可——極有可能，把甘鐵生找出來，會連他自己也說不出所以然來。

我一張口，剛想說話，白素已經先說了：「山野間，由於風聲，或是禽獸所發，常有一些古怪的聲響，會不會是你的心理作用，以為是有人在嚎叫？」

君花發出了一下令人傷心欲絕的歎息：「當然是他在叫，他的叫聲……在每一下號叫的最後，總有一兩下發自喉間的抽噎聲，我十分熟悉這種聲音，那一次，在小會議室中，他把我……讓給方鐵生……當時，他也曾發出抑壓的號叫，也曾有那樣的抽噎。」

我急於向君花詢問何以她聽到了甘鐵生的嚎叫聲，但竟然不設法把他找出來，可是白素卻在這時突然道：「所羅門王在一宗審判中，要把一個嬰孩剖開來，平分給兩個自認是那嬰兒母親的婦人，這個故事，你自然聽說過？」

我有點不耐煩地移動了一下身子，所羅門王要剖嬰的故事，自然人人皆知：甲、乙兩個婦人，都自稱是一個嬰兒的母親，爭執一直到了所羅門王座前，所羅門王曾向耶和華上帝求智慧，所以他的智慧，一時無兩，他說：「嬰孩只有一個，你們兩個人爭，這樣吧：把嬰兒剖成兩半，你們一人拿一半好了。」

甲婦立即贊同，乙婦大驚：「我不爭了，把嬰孩讓給甲婦吧。」

於是，所羅門王立即知道，乙婦才是嬰兒真正的母親，沒有母親會忍心自己的孩子剖成兩半。

白素在這個時候，忽然提起這個故事來，我有點不明白她的意思，所以狠狠地瞪了她一眼。白素並不睬我：「兩個鐵生，在你的心中，難以取捨，現在，你總該知道是誰愛你更深更濃了？」

君花的歎息聲聽來淒然：「不必現在，當我走出小會議室的時候，我就已經知道，是甘鐵生愛我更多……一個肯犧牲自己，成全愛人意願的人，所付出的愛，無可比擬……接近偉大。」

我忍不住插言：「討論那一段……感情，並沒有意義，你怎麼不把甘鐵生找出來？」

君花苦笑：「那一座山，連綿好多里，雖然是窮山惡水，可是山勢十分險，有許多大大小小的巖洞，又有不少峭壁，回音重重，聽到聲音，根本不知道發出聲音的人在什麼地方。」

我悶哼一聲：「還是有辦法可想的。」

君花道：「當然，我用最直接的方法，我用擴音裝置，連續向山中講了幾天的話，請他出來和我相會，可是自從我一出聲之後，他的聲音就再也沒有響起過，任由我叫得聲嘶力竭，肝腸寸斷，一點回音也沒有。我也僱請了超過一百人，漫山遍野搜索，把山裏的野兔獐子全都趕了出來，也沒有他的影子。」

她一口氣說到這裏，才連連喘氣，又張大了口半天，才道：「他……不願見我，不知道為了什麼，他……不願見我。」

白素吸了一口氣：「這就是我剛才提到剖嬰故事，肯定甘鐵生愛你極深的原因，他不願意見你，是因為他不原諒你。」

君花陡然站了起來，張大口，出氣多，入氣少，雙眼發定，過了半晌，才道：「他……以為我……和方鐵生……合謀背叛？」

白素點頭：「我想是，因為他一直不了解當年究竟發生了什麼事。」

第十部

「魔鬼的引誘」

君花雙手揮舞，神情激動之極：「那不行，那不行，我一定要讓他知道，我沒有參加背叛，我沒有，背叛他的，只是方鐵生。」

白素再令她喝了一大口酒，才道：「建議你快一點去，把一切經過，通過擴音裝置，使他能聽到，只要他還生存，在聽了你的話之後，我想他一定會現身和你相見的。」

君花的身子抖得厲害，張口想說什麼，可是語不成句，好一會，她才重重在自己頭上，連打了幾下：「真笨，當年我怎麼沒有想到這一點。」

白素輕歎一聲：「照我的推測，甘鐵生在僥倖生存下來之後，一定對人世間的一切，失望之極，自此他不要再見到任何人，寧願和巖石為伍，他不知道一切如何發生，對你自然也有誤會，所以才不想見你。」

君花急速地來回走了幾步——在這時，才看出她當年的確受過正規的、嚴格的軍事訓練，她看來步履矯健，有職業軍人的風範。

君花又陡然站定，深深吸了一口氣：「我這就去，這就去。」

她說「這就去，」真正說走就走，大踏步向門走去，我還想阻止她，白素向我使了一個眼色，不讓我有任何動作，只是在她身後大聲叫：「一有了結果，第一時間讓我們知道。」

君花也大聲答應，已經走了出去。我和白素互望了一眼，君花這個小說中的神秘人物的出現，當然使當年的事，又揭明了許多，可是對於最主要的一個疑問，還是一點幫助也沒有。

那疑問是：那場背叛，究竟是怎麼會發生的？

君花離去之後，我們維持着沉默，我一口又一口地喝着酒，直到白素的手，溫柔地按到了我的手背上，我向她望去，看到她的眼中，略有責怪的神色，我才知道自己喝得太多了。

（白素有極美麗的眼睛，而更動人的是她眼中流露的那種溫柔之極的眼光，這種光采，使人在任何煩躁不安的情緒下，都會感到無比的寧貼。）

我翻過手來，握住了她的手，她自然的問：「想到了什麼？十分可怕？」

我和白素，已經自然而然，有近乎心意相通的能力，她看到我忽然之間，蹙着眉，不斷喝酒，就可以揣知我是想到了什麼可怕的事。

我立時點頭：「是，我從人性的醜惡面，想到了一個……可怕的結論。」

白素的聲音很平淡，可是她說的話，卻令我吃了一驚，她那樣說，證明她也想到了我所想及的，她說：「甘鐵生作了一個錯誤的決定。」

我歎了一聲：「是，他不該把君花讓給方鐵生，方鐵生若是得不到君花，會盡一切力量去爭取，得到了，自然會盡一切力量去保有，而他失去君花的唯一可能，就是來自甘鐵生的威脅。」

白素的聲音低得幾乎聽不到：「所以，他就要消滅情敵，這才有了那次背叛。」

我們兩人所想的既然相同，也感到，如果事情是那樣的話，真是太可怕了——甘鐵生作了那樣的犧牲，可是結果，反倒引發了背叛。

過了好一會，我才道：「唯一不通的是，方鐵生若是為了這個理由而背叛，他沒有理由失蹤，一定會和君花在一起——那正是他背叛的目的，不然，何必背叛？」

白素試探着問：「或者是在背叛發生了之後，他忽然又天良發現？」

我搖頭：「我們從人性最卑劣的一面出發作設想，達成了這個結論，怎能期望那麼卑劣的人，又會天良發現？」

白素神情猶豫：「人性十分複雜，有時，善和惡，高貴和卑劣，幾乎交錯發生，沒有明顯的限界。或許，方鐵生明知事情一發生，君花必然不會原諒他——」

我打斷了白素的話頭——當白素在分析一件事的時候，我極少打斷她的話頭，可是這時，白素所說的話，顯然連她自己也不能肯定，我道：「若是他知道這一點，他就不會背叛。」

白素低歎：「人有時，明知自己在做着的是蠢事，甚至明知蠢到無可再蠢，可是在不知什麼力量支配之下，還是會做下去，一面後悔，一面做。」

白素的話，給了我某種啟示，我忙道：「把你剛才的話，一字不變，再講一遍。」

白素再說了一遍，我低聲跟着她說，說到了「在不知什麼力量支配之下」時，我吸了一口氣：「還有一個可能，方鐵生的背叛，是突然發生的，一種不知道什麼力量，支配了他。」

和白素討論問題，真是賞心樂事，不但可以在多數的情形下，有共同的想法，而且，就算是無頭無腦地說上一句，她也可以立即了解我在說什麼，不必作多餘的解釋和說明。

這時，我這樣一說，白素就馬上道：「那一晚，上半夜，在山洞中，方鐵生說他忽然有了一種強烈的感覺？」

我一揚手：「就是那次，方鐵生說，感覺強烈之極，在他的一生之中，有這樣的感覺是第三次，前兩次，都使他的生活改變。」

白素想了一會：「他有了那種感覺，離開了山洞，遇到了一些什麼……算是一種力量，他就受了那種力量的支配，作出了背叛的決定。」

我連連點頭：「可以這樣設想，因為接下來，君花找不到他，再接下來，他就下達了假命令，一切都很吻合。」

白素笑了一下：「可是新疑問又來了，那種『不知什麼力量』支配方鐵生叛變，有什麼目的？」

我苦笑：「不知道，魔鬼引誘亞當和夏娃叛變，又有什麼目的？」

白素的回答來得極快：「為了和上帝對抗。」

我也回答了她的問題：「那種力量，為了和人性美好的一面對抗。」

白素神情迷惘：「你的話很有點道理，兩個鐵生之間，生死不渝的情誼，本來反映了人性最美好的一面，忽然之間，方鐵生的行為，展現了人性最醜惡的一面，這中間，明顯地有着對抗。」

我只感到思緒愈來愈紊亂，不由自主，雙手揮動着，像是想把許多無形的，雜亂無章的東西都揮開了一樣，我大聲道：「不必再設想了，這小說……

當年發生的事，再設想也沒有用，除非能把背叛的主角方鐵生找出來，但是這又沒有可能。」

白素呆了片刻，忽然道：「也不見得，冬天已經來了，春天還會遠嗎？」

我不禁被白素逗得笑了起來，接道：「甘鐵生要是找到了，方鐵生還能找不到嗎？」

白素也笑着：「你說得對，別再去想了，想也想不出名堂來。」

我來回踱了幾步：「要不要聽聽那四個小鬼的意見？」

「四個小鬼」何所指，白素自然知道，她道：「這……件事中，涉及了……同性戀，他們年紀輕——」

我立時道：「他們都不是小孩子了，可以了解到人類行為之中，有同性戀這種行為的事實存在。」

白素還在猶豫間，門打開，兩股紅影衝了進來，良辰美景一下子就到了白素的身邊，一邊一個，雙手交叉，掛在白素的肩上，現出嬌憨的笑容：「這幾天在忙什麼？怎麼不理我們了？」

溫寶裕和胡說也在門口出現，溫寶裕在嘰嘰咕咕——他想表示什麼意見，而又明知這意見不便公開發表，就會有這種行動。這時，我聽得他在嘰咕的是：「去送命的時候，會不會也那麼快。」

他們四個人顯然是一起來的，良辰美景行動快，所以引起了他的不滿。

看到了這「四個小鬼」，人會自然而然，有一股朝氣蓬勃，充滿了活力之感，連說話的興致也會高漲，我唯恐遲了一步，就沒有了說話的機會，所以搶道：「你們來得正好，這幾天是有點事，有幾個疑問，怎麼設想，都沒有合情合理的結論。」

四人都大感興趣，溫寶裕更一疊聲地追問：「什麼人？什麼事？」

我指着出版了的小說：「你們先看了這篇小說再說。」

溫寶裕一伸手搶了一本在手：「什麼故事？原振俠傳奇？亞洲之鷹？」

我道：「都不是，是講幾十年前的一些戰爭。」

溫寶裕的熱情一下子降低：「哦，民初裝，最不好看，太久遠了，沒有時代的共鳴。」

我大喝一聲：「小寶，你少胡亂發表意見，你可以不看，不過我告訴你，要是你不看的話，一定會後悔。」

溫寶裕又嘰咕起來：「看就看，也犯不着連言論自由都要扼殺。」

我悶哼一聲：「對了，你們四人一起看，看了之後，再發表意見。」

良辰美景兩人取了一本，湊在一起看，胡說取了一本，走過一邊，他們都有很快的閱讀能力。

故事的時代背景，對他們來說，自然相當陌生，但是故事本身很古怪，君花的文筆也很生動，很能吸引人看下去，所以他們很快就被故事吸引，一頁一頁，飛快地翻動着，看得十分入神。

我知道這一看，至少要好幾小時，和白素作了一個手勢，表示各自去做自己的事。那天接下來，又發生的一些事，和這個故事無關，可是卻又十分異特，我會在另外一個故事中把它記述出來。

四人之中，溫寶裕最先看完，出乎意料之外，他竟然一反常態，沒有接說話，只是抱着書發怔。

等到四個人都看完，已經是晚上了，白素道：「怎麼樣，先吃飯？」

四人都精神恍惚，只是點了點頭，吃飯的時候，也不言不語，食不甘味。可見得故事中所寫的背叛行為，給他們以極大的震撼。

飯後，溫寶裕這小子居然提出：「有沒有酒？」

我的回答是狠狠瞪了他一眼，他過了三分鐘之後，故意大聲發出「咕嘟」一聲，吞下了一大口口水，表示抗議。我已把和君花會面，以及小說中沒有寫出來的情節，詳細說了一遍。

然後，我才問了那個最重要的問題：「方鐵生為什麼要背叛？」

胡說和良辰美景，顯然早已有了回答，他們齊聲道：「不知道，怎麼想都想不透！」

我、白素和所有人，由於溫寶裕並沒有立時回答，所以一起向他望去，溫寶裕吸了一口氣，看來準備作長篇的發言。

老實說，溫寶裕的想法，稀奇古怪，有時也很有點道理，能道人之所未道，但是大多數情形，卻全不知所云，若是由得他長篇大論，誰有空洗耳恭聽？

所以，我先發制人：「長話短說！」

溫寶裕對我的話，一點反應也沒有，自顧自道：「任誰看了這個故事，都會把背叛的焦點，放在方鐵生的身上，不會有人想到甘鐵生，因為他是被害人，但如果一切是他所安排的圈套呢？」

良辰美景立時責問：「安排一個圈套害自己？」

溫寶裕道：「若是一個人想自殺，同時又想殺死他想殺的人，就可以安排精密無比的圈套，既害自己，同時也害別人。」

我和白素互望了一眼，心中都是一樣的想法：溫寶裕的古怪念頭，確有過人之處，我和白素，怎麼想，都沒有想到過這一點！

甘鐵生若是恨方鐵生，想同歸於盡，那麼，從那個作戰計劃一被提出，就是圈套的開始，全部官兵，都是圈套的犧牲品！

甘鐵生為什麼要那麼做，這是小寶這個假設最不能成立之處，因為無論從哪一個角度來看，甘鐵生都沒有這樣做的動機！

所以，我和白素，又自然而然，緩緩搖了搖頭。

溫寶裕一面發表意見，一面在察看我們的反應，他自然也可以猜到我們的心裏怎麼想，所以他立時又道：「那只是假設之一，假設之二，是方鐵生想擺脱甘鐵生，因為甘鐵生對他太好了。」

白素歎了一聲：「小寶，設想也不必太離奇了！」

我忙道：「小寶這個假設，倒相當有理，一個人若是對另一個人太好，在一些特殊情形之下，反而會使另一個人有太大的精神壓力，會在潛意識中，起着自己都不知道的反抗，當這種強大的反抗意識，從潛意識轉向明意識時，就會發生十分可怕的事。」

溫寶裕急急道：「我就是這個意思——從垃圾堆中撿回來的一個人，要他上進，要他不斷拚命，要他不斷記得是被人從垃圾堆中撿回來的，要他分分鐘都提醒自己不能忘恩負義，就是精神壓力，沒有人喜歡在那樣沉重的壓力下生活，久而久之，這個人就會在心底吶喊：我寧願回到垃圾堆去！」

胡說的聲音很乾：「小寶快可以當心理學家了。」

溫寶裕一副當仁不讓的神情：「最近我看了很多心理學的書，深知精神力量之大，超乎想像之外，精神壓力所產生的憂鬱，可以致人於死，而每一個人都自我中心，一個人對另一個人好，另一個人不一定感激，因為各人的角度都以自己為中心。」

良辰美景的聲音有點疑惑：「照你推測，甘鐵生對方鐵生好，使方鐵生不快樂？」

溫寶裕點頭：「大抵如此，設身處地想一想，永遠當一個人的副手，再也擺脫不了被人從垃圾堆上撿回來的陰影，做人有什麼樂趣？」

白素不同意：「你太否定人際關係中有友情這回事了！」

溫寶裕一攤手：「我只是從心理的角度來作出假設，別忘記，他們兩個都是同性戀者，可是相互之間，卻又沒有戀情，只有友情，這就十分古怪，通常，兩個男性同性戀者之間，很少這種情形——」

我打斷了他的話頭：「小寶，別信口開河了，這種情形，十分普通。」

溫寶裕在胡言亂語之後，可以臉不紅氣不喘，簡直到了厚顏無恥的程度，他道：「或許是，我對於同性戀者的心理狀況，並沒有多大的研究。」

胡說悶哼一聲，他性格和溫寶裕的滑頭滑腦不同，所以對溫寶裕的這種態度，不表示同意：「別忘記，方鐵生曾力求留在山上。」

溫寶裕道：「如果他要求成功，他可以再等下一次出賣的機會，何況，他每次爭取最危險的任務，表面上是勇敢，不怕死，又怎知不是他在潛意識中活膩了，不想活了？」

良辰美景責問：「你一下子說是甘鐵生的圈套，一下子又說是方鐵生蓄意背叛，豈不矛盾？」

溫寶裕大搖其頭：「非也非也，一點也不矛盾，正要提出各種各樣的假設，比較研究，才能找出最有可能的一種假設來。」

我歎了一聲：「很好，你提出了兩個新的假設，可是都不能成立。」

溫寶裕這個年輕人，就是有這個好處，說了半天，提出來的兩個假設，一下子被否定了，他卻一點也不氣餒，立時又興致勃勃提出了新的假設：「方鐵生也大有可能，受了魔鬼的引誘。」

我和白素又互望了一眼，溫寶裕這時那樣說，和我們的「受了某種外來力量的支配」，基本上是一樣的！

溫寶裕受了我們神情的鼓勵，看來正準備大大發揮一番，可是良辰美景已齊聲喝止：「且慢！你愈說愈神了，什麼魔鬼。」

溫寶裕舉起了手來：「魔鬼，只不過是一個代名詞，代表一種力量，這種力量，可以通過種種方法，使人改變一貫的認識，這種改變行動，就是背叛，例如方鐵生背叛甘鐵生，例如背叛愛人，背叛國家，背叛主義，等等行為都是。」

良辰美景要説是説不過溫寶裕的，她們只好撇了撇嘴，表示不屑，溫寶裕進一步發揮：「魔鬼的方法，多數是收買，每一個人都有價錢，魔鬼總有方法找到人的弱點，趁隙進攻。」

白素輕輕鼓掌：「小寶這番假設，十分有理，魔鬼只不過是一個代名詞，而且，歷史上有許多反常行為，都證明和魔鬼有關。」

溫寶裕更是手舞足蹈：「原振俠醫生認識的一個人，就曾把靈魂賣給了魔鬼，現在又成了魔鬼在地球上的代理人，説不定就是他幹的好事。」

我歎了一聲：「方鐵生背叛的時候，原醫生的那個朋友，還沒有出生。」

溫寶裕眨着大眼睛：「魔鬼的代理人不只一個，有的是，説不定就碰上了。」

白素興致十分高：「小寶，再假設一下，魔鬼要方鐵生叛變，代價是什麼？」

溫寶裕怔了一怔，卻答不上來。良辰美景道：「答應他八十一世，都和君花在一起。」

溫寶裕苦笑：「一定有極優厚的條件，不然，方鐵生不會答應。」

我大大的打了一個呵欠：「還有什麼別的假設，包括方鐵生只是為了好玩？」

溫寶裕連這樣的話，也可以接得上口：「也許是，方鐵生厭倦了軍旅生涯，要胡鬧一番，作為雙重性格的一種發泄，不顧一切，製造混亂，歷史上有的是這種不顧一切只顧胡鬧的人！」

我不禁啼笑皆非，因為溫寶裕的話，你又不能說他不對，歷史上的而且確，有許多胡鬧的事例，而且主持胡鬧的還都是些英明偉大的領袖，所以才一聲令下，有成千上萬的人跟着胡鬧。

比較起歷史上許多胡鬧事件來，方鐵生的行為，小之又小，他真的有可能只是為了好玩，而作出了背叛的行為！

當晚，溫寶裕講話最多，良辰美景講話最少，可能是事情涉及曖昧的男性同性戀，她們有少女的矜持，不肯多發表意見。

這種討論，當然不會有什麼結果，「魔鬼的引誘」說似乎可以成立，但魔鬼在哪裏？除非方鐵生現身，或是當年引誘方鐵生的魔鬼出現，不然，也還只是假設，一點也解決不了問題。

白素說了一句話，想作為討論的總結，不料反倒又使討論延長了下去。她說：「希望君花能找到甘鐵生，多少會有點幫助。」

我先道：「不會有幫助，連君花都不知道方鐵生為什麼要背叛，甘鐵生自然更被蒙在鼓裏，他不知道自己為什麼被出賣，所以才痛苦得把自己禁閉在荒山野嶺之中，那麼多年。」

我的說法，大家都表示贊同，白素笑了一下：「要真是找到了他，多少對當年的情形，可以知道得多一點，如果方鐵生蓄意背叛，甘鐵生多少會覺察得到吧！」

我搖頭：「如果他有半分警覺，就絕對不會安排那次作戰計劃。」

白素沒有再說什麼，只是輕歎了一聲。

一下子過了三天，在這三天中，都有別的事在忙，恰好沒有離開——我很多日子都在世界各處亂走，完全沒有規律。

第十一部

兩個鐵生都有了下落

到了第四天，一封電報送到，電文十分簡單：「衞斯理先生夫人，已找到甘鐵生，速來——君花。」在「速來」之後，是一個地名，這個地名，若不是君花在講述往事之際，曾多次提及，知道那是當年鐵軍全軍覆沒的那荒山附近的一個小鎮，只怕怎麼查也查不出它在地球的哪一個角落上。

一看到了這樣的一封電報，我就打了一個哈哈，白素瞪了我一眼，我道：「你看她，多輕鬆：速來。怎麼去？你去還是我去？還是我們一起去？」

白素道：「找到了甘鐵生，對君花來說，是頭等重大的大事，甘鐵生要出來沒有那麼容易，她想我們一定急於見到甘鐵生，所以要我們趕快去，沒有什麼不對。」

正在說着的時候，電話鈴聲大作，我按下一下掣鈕，聽到了一陣混雜之極的人聲——對於這種人聲，我並不陌生，那是「四個小鬼」爭講話的聲音，然後，在大約二十秒之後，我聽到溫寶裕的聲音，首先冒了出來：「我們找到方鐵生了！」

這真是石破天驚的消息，我和白素都陡然一怔，一時之間，還來不及有什麼反應，就已聽得胡說在責斥溫寶裕：「你這樣說，太誇張了。」

溫寶裕一點也沒有不好意思：「我們找到了方鐵生的照片，一共有四張，十分清晰。」

我悶哼了一聲，白素蹙了蹙眉，表示我們心中對溫寶裕的不滿，溫寶裕的聲音又高又尖：「這個人，看起來，簡直像猩猩一樣。」

我大喝一聲：「別在電話裏囉嗦，快拿來看！」

我中止了通話，因為我知道，若是再說下去，溫寶裕可以再過一兩小時，仍然在電話裏說個不停，而不肯乾脆把照片拿來的。

白素像是在自言自語：「奇怪，他們是從哪裏弄到方鐵生照片的？」

我知道白素在小說出版前後，致力於搜集鐵軍的資料，自然也希望能得到兩個鐵生和君花的當年照片，可是她卻沒有成功，當年鐵軍的軍官，看來像是沒有拍照的習慣，竟在大小數十仗勝利之後，都沒有什麼紀念性的照片留下來。

自然，以他們在軍中的職位之高，官方檔案之中，應該有他們的照片，可是事隔幾十年，檔案也早已煙消雲散，不知所終了。

白素曾和我討論過，她認為本來應該有照片留下來的，一定有人曾經刻意地做過消滅相片的行為，所以才會像現在那樣。

而今，溫寶裕他們，居然找到了方鐵生的相片，這自然令她感到詫異。

我隨口應了一句：「這幾天，或許他們一直在尋找各種資料。」

白素側着頭，想了一會，沒有説什麼，可是從她的神情來看，可以看出她像是想到了什麼，但是卻又不敢肯定。一直到溫寶裕他們來到，白素並沒有表示什麼特別的意見。一進門，溫寶裕就把一隻文件夾交到我手上，打開，是一張放大了的照片，當然是黑白的，可是，真的，相當清楚。

在小説的形容中，我們都知道，方鐵生身形高大，粗手大腳，滿臉虬髯，是一個威風凜凜的大漢，早已有了這個印象。可是一看到了照片，我和白素，還是不由自主，倒吸了一口氣。

第一張照片，可能是在軍營中拍的，一個彪形大漢，他的虬髯，幾乎遮住了他整個臉，只有一雙炯炯有神的眼睛，總算未為他頭臉上的毛髮遮住。

他正平伸着雙臂，在他的手臂上，每一邊，都有兩個成年人，雙手十指交叉着，掛在他的手臂上。

一共是五個人，都穿着軍裝，掛在大漢手臂上的四個人，臉面清楚，從軍服上也可以看出他們是低級軍官。北方男性的個子，一般都不會太矮，可是這四個人，在那樣的情形下，身子垂直，雙腳卻都碰不到地。如果他們的高度是一七零公分，那麼，這個大漢的高度，自然超過兩公尺，而且還超過許多。

這個大漢，自然就是方鐵生，他個子高大壯碩，竟到了這一地步，這一點，不看照片，單憑小說文字描寫，頗難想像。

而方鐵生的力氣之大，也令人咋舌，每個人的體重至少超過六十公斤，他竟然可以輕而易舉地把四個人這樣平舉着！

第二張照片，是他一個人在對付兩頭牛，他抓住牛角，把牛頭按向下，牛的四蹄陷進土中，可知牛正在竭力掙扎，但是他卻一副神定氣閒，猶有餘力的樣子。這張照片，令一句俗語，不能成立。

俗語說：「牛不飲水，怎按得牛頭低？」

而這張照片證明，只要有方鐵生這樣的臂力，不管牛是不是願意，都可以令牠低頭，而且，同時可以有兩頭牛被按低頭。

而第三張照片，一入眼，我和白素都自然而然，發出了一下低呼聲，在一旁的良辰美景、胡說、溫寶裕四人，他們當然早已看到過那照片，可是這時，他們也不禁屏住了氣息。

這張照片太重要了！

照片上是一個簡陋的木台，台上掛着汽燈，正在演戲。對了，演的是《風塵三俠》。

照片上的三個人，臉面不是很清楚，可是體態都十分生動，正是紅拂在梳頭，虬髯客在一旁無禮地觀看，李靖恰好回來的那一刻。

最吸引人的是只能見到側面的紅拂，十指纖纖，梳理着長髮，隱然可見眼波流轉，這個身為團參謀長的高級軍官，竟然着洋溢美女的溫柔，而盯着他看的虬髯客，目光灼灼，幾乎可以令鋼鐵溶化。

那時的君花，和幾十年後我們見到的君花，當然已大不相同，但是眉目之間，還是依稀有痕迹可尋。可以肯定的是，當年的君花，絕對是一個女性化的翩翩美少年，難怪令得兩個有同性戀傾向的鐵生，如癡如醉！

我們也是第一次看到甘鐵生，他的確相當瘦削，可是也英氣勃勃，眉宇之間滿是英氣，但又顯得十分儒雅。

我和白素聚精會神看着照片，心中都有十分奇特的感覺——在小說中，這次演出的場景，寫得十分動人，我們又在君花的敘述中，得知了進一步的情形，忽然又看到了當年那一剎那的真實情景，就像是忽然一下子時光倒退了幾十年一樣。

（攝影術真是人類偉大的發明。）

盯着這張照片看，很有身歷其境之感，好一會，我和白素才同時吁了一口氣，溫寶裕也在這時，忽然發表議論：「兩個鐵生，單從外形來看，就各有各的好，難怪君花不知如何選擇才好。」

由於他在說的是同性戀事件，別人都沒有出聲，溫寶裕也感到氣氛有點不對，提高了聲音：「我們全是成年人了，是不是？」

我伸手在他頭上輕拍了一下：「不是，你還沒有滿十八歲。」

這一個事實，溫寶裕再能說會道，神通廣大，也無法改變，所以他只好長歎了一聲。

胡說也發表了意見：「這個人，後來決定施行變性手術，這是十分明智的決定。在那時，看，根本已經是女人。」

我吸了一口氣：「這照片，再叫她看到，不知有什麼感想？還有，才收到她的電報，在當年那次戰役發生的山中，她已找到了甘鐵生。」

溫寶裕揮着手，想說什麼，而沒有說出來，他這種神態有點怪異，但我急於看第四張照片，所以沒有特別留意。

第四張照片，出乎意料之外，方鐵生抱住了雙膝坐在一個樹樁上，抬頭望着天，全神貫注，也不知道他是在凝思什麼。

而在照片上看來，依然可以感到他雙眼中的神采，想像之中，要是被他這樣鐵塔一樣的大漢，用那種目光逼視，一定不是很有趣的事，而論外形的威武，方鐵生自然遠在甘鐵生之上，甚至遠在所有人之上。這樣的一員猛將，結果卻作出了那麼卑鄙的背叛行為，這實在有點不可思議。

雖然說好人壞人，不會在額上刻着字，但是奸詐小人或正人君子，在外形上，多少有點不同，「心中正則眸子正」，可以通過細微的觀察，約略估計一個人的內心世界。像方鐵生這樣的外形，說什麼也和背叛者不能聯繫在一起，難怪他的背叛行為進行順利，連和他最親近的君花也被瞞在鼓裏。

我看了之後，呆了半晌，才道：「好一條大漢，可惜竟是一個背叛者。」

白素也大是感慨，她語意之中，十分遲疑：「那麼威武的一條大漢，似乎不應該有卑污的心靈。」

我歎了一聲：「人的思想，包在皮膚、肌肉、脂肪和頭骨之中，沒有任何力量可以測度，和包着它的外表，也不發生關係。」

白素合上了文件夾，在這時，我看到黑皮封面，十分精緻的文件夾的右下角，有一個看來很奇特的燙金標誌。我一眼瞥見，不禁呆了一呆，白素已經問：「照片是哪裏弄來的？」

胡説和良辰美景都望向溫寶裕，溫寶裕的神情，有點尷尬，他說了一句我們再也想不到的話：「照片中的這條大漢，真是方鐵生？」

我吸了一口氣，一時之間，也摸不透這個古怪之至的小鬼頭又在玩什麼花樣。找到了方鐵生的照片，是他告訴我的，現在，他又提出了這樣的問題來，我有點不耐煩：「什麼意思？」

溫寶裕忙道：「聽我解釋！還記得三天前，我看完了小說之後，發了好一會呆？」

我悶哼：「是，十分反常。」

溫寶裕揮手：「不是反常，而是我在讀了小說之後，強烈地感到，小說中寫的方鐵生，身形高大健壯，力大無窮，我總是十分熟悉，像是在什麼地方，實實在在看到過的，可是卻又想不起來。」

我揚了揚眉，溫寶裕難道真的進一步知道方鐵生本人在什麼地方？

溫寶裕在繼續着：「我把這個感覺和胡說提起過，胡說卻說我一定是武俠小說看多了，把武俠小說中的大漢代了進去，像喬峰，就應該是那樣的大漢，也曾被人誤認是叛徒，哼，真是胡說八道！」

胡說並不和溫寶裕計較，只是淡然道：「我怎麼想得到，陳長青的收藏品中，會有方鐵生的照片？」

剛才，在看到文件夾上燙金標誌之際，我已認出那是陳長青自己設計的一個徽號，可是卻再也想不到照片會是陳長青的收藏品。陳長青怎麼會有方鐵生的照片？事情真是愈來愈奇了。

白素同樣現出了十分訝異的神情，因為事情怪到了不可思議，可是接下來，溫寶裕一說穿，我和白素都為之失笑，事情實在十分簡單，只不過十分巧合而已。

溫寶裕道：「陳長青有搜集、保存各種資料的習慣，他把所有的資料編成目錄，輸入電腦，我曾看過目錄，也曾根據有興趣的分類，約略看過資料，這四張照片，屬於『我所見過的異星人』那一項目之中。」

我「啊」地一聲：「陳長青在若干年前，可能曾見過方鐵生，不錯，他最喜歡把稍為有特別之處的人，歸入異星人一類。」

我說到這裏，良辰美景先哈哈笑了起來，笑得像是一對才下了蛋的小母雞。胡說也忍不住笑，溫寶裕望了我一眼，索性哈哈大笑。

我不知道發生了什麼事，看他們的神情，又不像是有什麼惡意。這時，白素湊在我耳際，低聲道：「恐怕陳長青把你也當作異星人了。」

被白素一言提醒，我立時想起，陳長青在認識我之後，的確曾鬼頭鬼腦，有時直擊，有時旁敲側擊，問我是不是異星人。

這傢伙！

我板起了臉：「笑什麼，陳長青這個人，神經有毛病！」

胡說首先止住了笑：「在那一個項目中，你是第一號，他還有說明，說你一定是外星人，只可惜他用盡方法，也無法證明。」

溫寶裕總算也不再大笑，伸手指了指我的肚子：「他還說，曾摸過你的肚子，並沒有板狀骨骼——而你記載過的一個外星人，身體結構上有這個特徵。」

我又是好氣，又是好笑，正想再數落陳長青幾句，忽然之間，想起了極重要的一點，忙道：「陳長青要是對每一個他認為是外星人的人，都有說明記載，那麼，他一定也把見到方鐵生的經過記下來了？」

溫寶裕點了點頭：「正是，他見到方鐵生，是在十六年前，那張方鐵生獨自沉思的照片，是他拍的。」

我忙又向那張照片望了一眼，由於濃髮和虬髯，所以並看不出方鐵生的其他三張照片上有什麼顯著的年齡上的差異。

溫寶裕說着，知道我性急，已在文件夾的夾層之中，取出了一張紙來，陳長青早把一切電腦化，紙上是通過電腦印字機印出來的字體，相當長，文字不佳，但關係重大，所以「轉載」。

一定有許多異星人在地球上，這一點，絕對可以肯定，照片上的這個彪形大漢，看來就是異星人，當時正在武夷山訪仙，史載葛洪在武夷山得道升天成仙，而仙人，即異星人也。

（陳長青認為古籍上記載的「仙人」。都是異星人，這個設想，我也同意。而他卻付諸行動，常到有仙人出沒的深山去「訪仙」，可是都沒有結果，常被我取笑。）

在山中迷路，眼看前無去路，忽見絕壁之上，幾乎不能立足的山石上，有大漢身形靈活，自上而下，如飛而來，人影一入眼，真疑是武俠小說中的劍仙，大聲呼叫，山壁響應，大漢覓途來到面前，身高逾我近兩個頭，目光炯炯，不辨年齡，壯碩無比，一見就令人心儀，操閩語與之談，竟不懂，而使用中州語系，堅不肯吐姓名，被帶至極深山中，建於山嶺上之一座破敗小道觀之中，觀察之餘，肯定此乃異星人。

（陳長青這個人，有時有點無頭無腦，他和那大漢，自見面起，到被帶到一個小道觀之中，一定有過不少對話，他卻不記下來，而只是發表他主觀的意見，一口咬定了大漢是異星人。）

（大漢自然就是方鐵生，他在當年事發之後，躲進了武夷山的深山之中，過着隱居生活，倒的確不是容易找得到他的。）

在道觀中，一再套問，大漢十分不願說話，態度神秘，盤桓到次日，大漢忽然下逐客令，被他挾持下山，地球人不可能有那麼強壯的體力，有一段險峻之極的山路，被他一把提起，雙腳懸空走過，歷時七分鐘，每一秒都可能粉身碎骨，遭遇奇絕。

來到山腳下，大着膽子，請他允許拍照留念，出乎意料之外，大漢竟一口答應，在樹椿上坐下，仰首望天，似有無限心思，拍完照之後，大漢忽然表示，他可以另外送我三張照片，一時以為是他在自己星球上所拍攝者，大是興奮。

但等他鄭而重之，拿出三張照片時，卻分明是在地球所攝，不足為奇，推測他必然知我已確定他是外星人，故意用這三張照片，表示他是地球人，此等手法，十分陳舊，不足一笑。

（我看到這裏，忍不住低聲罵了一句：混帳東西！陳長青這個人，他要是先有了一個結論，就再也不理會客觀事實，會想出種種不合邏輯的想法，去適應他的主觀結論，絕不肯正視現實，例如他認定了那大漢是異星人，就把一切當作是異星人來論證。）

不過異星大漢有一番話，頗難理解。他說：「一定有許多人正在找我下落，你手上的照片，最好不要隨便給人看，你我相遇是有緣，這種塵緣，我再也不要有，我們不會再見，你要找我也找不到。」

這番話，可算是他自己表明身分，他是仙人？仙人即異星人，可知我料斷不錯，本來還想追問，異星大漢指戲裝照片中旦角，又說：「如果你竟有機會見到這個人，可把照片給他，唉，只怕物換星移，他也早已死了，唉！唉！」

他在連連歎息時，似有無限淒酸，竟至於本來極有神采的雙目之中，淚花亂轉，真怪，異星大漢，竟也有豐富的人類感情，可能是在地球上住了太久，受地球人性格影響之故。

當時回答他：「人海茫茫，偶然要遇到一個人的機會極微，是不是要刻意尋找？」

異星大漢仰首半晌，長歎一聲，說話大有仙意：「不必了，有緣能遇上，根本不必刻意尋找，要是沒有遇上的機緣，再找，也找不到，想找我的人還少麼？可是誰找得到？」

我趁機問：「為什麼你肯定有人要找你？」

異星大漢浩歎三聲，不言不語，撒開大步，奔向深山。心有不甘，急急跟隨，山路崎嶇，異星大漢如履平地，我卻狼狽不堪，終於被逼放棄。

此為我遇見的外星人最確切之一次，且有照片為證。

（陳長青的第一次記錄到這裏為止，後來還有一些補記，相當有趣。）

曾幾次想向衛斯理提及在武夷山遇見異星大漢一事，但明知結果一定為他嗤笑，四張照片，並不能證明他是異星人。

戲裝照片，演出之劇目，確定為《風塵三俠》。莫非大漢竟是虬髯客成仙？漢唐時，得道成仙之人頗多，虬髯客遠離中原之後，若是仙緣巧合，也不足為奇。

又，軍裝照片經過考證，確有如此軍服，多年前之事，其演話劇乎？

（陳長青再也想不到，穿了軍服的方鐵生，不是在演戲，那是他的真實生活。）

（但如果說人生恰如一場戲，那麼，說方鐵生當時是在演戲，也無不可。）

一直未曾見到照片上的紅拂女，這旦角神態柔媚，曾詢及演藝界中人，都說不知是誰。

歸入檔案資料：武夷山曾有異星人蹤迹，異星人身形高大，面貌威武，力大無窮，且有極地球人化之感情。

以陳長青的性格而論，一定是方鐵生這個「異星大漢」給他的印象十分深刻，所以他的記述，已經算是十分詳細的了。

我和白素暫時都不發表意見，迅速轉着念。溫寶裕在解說着：「我當時有這種感覺，苦苦思索了三天，才想起曾在陳長青的資料中，見到過一個異星大漢，也有一張戲裝照片，和小說中的故事十分接近，找出來一看，胡說就說十之八九，那真是方鐵生，我們不能百分之一百肯定。那真是方鐵生？」

我吸了一口氣：「如果單是一個大漢，不能百分之百肯定，有這張演出《風塵三俠》的照片，毫無疑問，三個主要人物全在了。」

白素低聲說了一句：「兩個鐵生都有下落了。」

我一面看着照片：「方鐵生在十六年前，隱居武夷，十六年之後呢？」

第十二部

每個人都是一枚炸彈

我的意思是，事情過去了十六年，在這十六年之中，不知道發生了多少驚天動地，天翻地覆的變化，誰知道現在的情形如何？

可是白素卻道：「存心把自己隱藏起來的人，很少會變換環境，時間、生命，對他們這種人來說，並無意義，你看甘鐵生，就一直在那座山裏。」

我歎了一聲：「就算是，你知道福建武夷山有多大？總不能跑到山腳下，架起擴音器，喊一輪話，就希望他能聽到，走出來相會。」

白素瞪了我一眼，武夷山是著名的山脈，方圓超過六十公里，大小山嶺，絕壁幽谷，不計其數，那個小道觀不知道座落在哪一個山坳之中，只怕派一千人進去找他，也難以發現。

白素又想了一會：「我想，把這個消息告訴君花和甘鐵生，他們兩人，拚了命不要，也一定會把方鐵生從武夷山中找出來。」

我一想，這話倒是實情，我只是補充了一句：「要是方鐵生還在武夷山的話。」

胡說問了一個問題：「當年陳長青偶遇方鐵生，方鐵生為什麼會送他三張照片？」

我想了一想：「或許，方鐵生想念君花，想通過一次偶然的機緣，再和君花見面。哼，只是不知他如何向君花解釋他的背叛。」

白素歎了一聲：「我們獲得的資料愈多，事情愈怪異，方鐵生在背叛行為之後，似乎什麼好處也沒有得到，這不是怪絕嗎？」

溫寶裕立時同意：「簡直不合邏輯之至。」

白素向我望來，我只是苦笑——在這件事情上，我們這幾個人，作了各種各樣的假設，但似乎沒有一宗可以成立。我知道一定另外有一個原因，可就是找不到頭緒，所以我暫時不想再去設想什麼，讓頭腦冷靜一下，另闢蹊徑，有時會豁然開朗，把一直想不通的問題想通的。

白素看到我這種神情，就明白了我的意思，她也有同感：「對了，再多設想，也沒有用處。看來，你不準備去看君花和甘鐵生？」

我歎了一聲：「去見他們並沒有意義，因為他們也根本不知道方鐵生背叛的原因。」

白素沉吟了一下：「我倒想去看看。」

我悶哼了一聲：「去和兩個男同性戀者見面？」

白素搖頭：「君花已經變了性，而更主要的是，我想到現場去了解一下環境，我總覺得，在那一大片窮山惡水之中，一定有什麼不為我們所知道的奇怪事情發生過……那可能是整件事的關鍵。」

一般來說，白素很少在一件事上，表現那樣的主動，而這次卻有點不尋常，我抬了抬眉，作為詢問，白素想了一會，給了答覆：「背叛雖然在人類行為中常見，可是這個背叛事件，卻特別之極，如果純粹出於方鐵生本身的意願，那麼人性的可怕程度，就遠在世人所知之上，所以，要弄個清楚才好。」

我明白她的意思，她始終懷疑有一種「外來的力量」在影響着方鐵生，這本來是我們的種種假設之一，我不認為到那個山區去，會有什麼發現，可是白素的興致甚高，我們又很久沒有一起旅行了，又何妨湊湊她的興？雖然可以預期那山區絕不是旅行的好地方，我還是道：「好，我們一起去。」

溫寶裕竟然異想天開：「好啊，學校有假期。」

我望向他：「幹什麼？以為是遠足燒烤野火會？」

溫寶裕不望我，向良辰美景看去，想挑唆她們也去，良辰美景齊齊歎了一聲：「不行，我們的學習課程排得很緊，而且，對那個山區，我們不是很有興趣。」

溫寶裕大是懊喪，連連搓手：「可惜，可惜，你們一定會後悔，我去了之後——」

我冷冷地打斷了他的話頭：「你先向令堂去問一下，她有沒有替你安排假期活動。」

溫寶裕的神情，一下子像是漏了氣的皮球一樣，歎了一聲：「不必問，我知道，她已安排了，要我陪她到泰國去，而且不容許我推辭。」

我拍了拍他的肩頭：「那就是了。」

溫寶裕苦臉：「我不喜歡到泰國去，更不喜歡陪媽媽一起去。」

良辰美景平時雖然和他不住鬥口，可是這時，卻十分同情他，安慰他：「泰國是一個十分神秘的地方，說不定會有奇遇。」

溫寶裕翻着眼，自喉際發出一陣嘰嘰咕咕的聲響，那是他表示不滿和抗議的方式——可以想像，在泰國的旅程之中，他的母親，胖得已無可救藥的溫太太，一定會日夜不斷聽到這種聲音，說不定會因之而懷疑溫寶裕是不是得了什麼怪病。

一想到這裏，我不禁哈哈笑了起來。白素也十分同情溫寶裕，她說得十分溫和：「陪母親去旅行，也很應該，而且，泰國的確是十分神秘的地方，那裏盛行降頭術——」

溫寶裕立時又像是皮球充滿了氣，高興起來：「對，原振俠醫生就曾接觸過神秘可怖之極的降頭術，他還認識一個大降頭師，嗯，請他介紹，到了泰國之後，我去找他學降頭術。」

我一想到溫太太和降頭師見面的情形，更是笑得大聲，溫寶裕向我望來，我忍住笑：「不知道是不是有一種降頭，可以令你有更多行動的自由？」

溫寶裕一本正經：「一定有的。」

溫寶裕要去泰國，泰國是一個相當神秘的地方，溫寶裕又說要找原振俠醫生去介紹他認識那個叫作史奈的大降頭師，這一切，在這時，只不過是閒談的資料。當時絕沒有想到的是，溫寶裕在泰國，真的有極奇特的遭遇。他的遭遇，演化為一個怪異莫名的故事。

當然，那是另一個故事，和這個故事無關，而照慣例，我會在適當的時候，把它記述出來。

一向不怎麼愛說話的胡說，對溫寶裕要去泰國，並沒有表示什麼意見。

第二天，白素先按照地址，回了電報：「盡快來，並有重要消息奉告。」

她沒有說明是有了方鐵生下落的線索，是怕君花和甘鐵生一知道，就會趕到武夷山去。

第三天，我和白素啟程，一路上的經過情形，自然不必細表，到了那個小鎮，在一家門外還貼着中國人貼了幾千年的「雞鳴早看天」之類的門聯的小客店內，見到了君花和甘鐵生。

在陳長青藏的資料照片中，我們曾見過甘鐵生年輕時的英姿，這時，無論如何，無法把眼前這個用一種十分古怪的姿勢，縮在炕的角落處的那個又乾又瘦的老人，和當年英姿煥發的年輕將軍聯繫在一起。

君花在車站接我們，一起到那小客店，在路上，她已經簡略地介紹了一下找到甘鐵生的經過，她不但在那個山區中，盡可能架設廣播網，把許多喇叭放在山區的各處，只要她一講話，幾乎整個山區都可以聽到，她還把她寫的小說，散放在山區各處，希望甘鐵生可以看到。

然後，她再說話，說明當年，背叛的只是方鐵生一個人，和鐵軍其他任何官兵，包括她在內，都是被背叛的受害者。

這樣子，經過了兩天兩夜，甘鐵生才出現。

講到甘鐵生出現的時候，君花的聲音哽咽，頻頻抹淚：「他一出現，我……看到的……根本不是一個人……一頭猴子看起來比他更像人，他滿頭亂髮，打着千百個結，張大口，掉了一半牙，現出一個可怕的深洞，他像是想說話，可是只發出了一陣可怕之極的聲響，只有他的一雙眼睛，看來還有光采，可是卻充滿了怨恨，他和我對望了好久，才問了我兩個字。」

君花說到這裏，頓了一頓，聲音更淒然：「你們猜，他問我什麼？」

我和白素都搖頭，君花又歎了一聲：「他手裏拿着一本小說，問我：『真……的？』

我也感到難過：「他對人失望之極，所以對你的小說也表示不信任？」

君花神情沉重地點了點頭：「當時，我緊緊握着他的手，連說了幾百聲『真的』。」

那時的情形，一定相當動人，君花也愈說愈激動：「直到我說了不知多少遍之後，他才又掙扎着説了一句話：『真……叫人傷心。』」

甘鐵生當時説了一句什麼話，我們並沒有聽君花的傳述，而是在見到了甘鐵生之後，由甘鐵生自己説了出來的。

那是在小客棧中，君花替我們作了介紹之後不久的事。甘鐵生這個小説中的傳奇人物，忽然在現實生活中出現，總不免使人好奇，我們在互相打量着對方。

他那時，衣服整齊，頭髮也剪短了，可是形貌看來，還是十分駭人。當然是由於長期的山區幽居生活，使他又瘦又乾，皮膚粗糙得簡直就像是樹皮，當他伸手去撫臉的時候，甚至可以聽到「刷刷」的摩擦聲。

君花一直在旁邊解釋：「他以前不是這樣的，這幾十年的折磨……」

甘鐵生每當君花那樣説的時候，就會望向她：「你以前也不是這樣的，這幾十年，看來你也沒有好過。」

甘鐵生的眼睛，還十分有神，正如君花所説，充滿了怨恨，但在他望向君花的時候，流露出來的眼神，卻又出奇地溫柔，而當他在説那句話時，在怨恨之中，又有着極度的迷惑。

他說：「在事情發生之後，我曾立下毒誓，再也不見人，因為人太可怕了！太可怕了！世界上沒有比人更可怕的東西！」

他在說這句話的時候，那種咬牙切齒的神情，想來正如他當年在立毒誓時一樣。

我和白素齊聲長歎，白素道：「也不是所有人都那麼可怕，甘先生，你自己也是人。」

甘鐵生用十分緩慢的聲調道：「更可怕的是，你完全不知道人在什麼時候會變，潛伏的可怕會冒出來，使人變得可怕。」

他略頓了一頓，又道：「每一個人都是一個隨時會爆炸的、惡毒之極的炸彈，不但別人不知道它何時會爆炸，連他自己都不知道。」

他說這番話時，聲音十分低沉，可是神情卻由激動而變得十分平靜。可知這些年來，他在深山野嶺，獨自生活之中，不知曾幾千萬次想到過這個問題，而且早已想透想徹了，所以再也引不起任何激情了。

我望着這個傳奇人物，回味着他所說的話，他從那麼直接的角度去窺視人性，所得出的結論，自然也直接之至，他的話很有道理，每一個人的思想之中，的而且確，都潛伏着極可怕、惡毒、傷害他人的潛意識，什麼時候發作，的確連這個人自己也未必知道。

君花在一旁，用十分有深情的眼光望着甘鐵生，白素在沉默了片刻之後道：「外來的因素，有時會成為一種十分強烈的誘惑，誘發人性中惡毒的一面。」

甘鐵生緊抿着嘴，從他閃爍的眼神之中，可以看出，這些年的艱難痛苦，野人一樣的生活，雖然對他的身體，形成了一定程度的傷害，可見那一點也無損於他的睿智，他的眼神說明了這一點。

任何人，如果有和他一樣的機會，幾十年獨自沉思，又曾經受過生死一線的巨大痛苦，必然會有許多他人不容易想到的想法——許多偉大的思想家和哲學家，也都經過獨思的階段，某些徹悟人生的宗教家，甚至長期靜思，甘鐵生的思想境界，是否也到了這一地步？

他望向白素，緩緩地問：「經過情形你們和我一樣清楚，是什麼引誘了他？」

我壓低了聲音：「或許他性子不喜歡受拘束，軍旅生涯令他煩厭。」

甘鐵生用力一揮手：「他只要說一句，絕不會有人強留他在軍隊裏，事實上，我和他之間的友情，絕不存在誰對誰的約束。」

白素的聲音也很低沉：「請恕我問一句，你為什麼對他那麼好，要把他從垃圾堆裏撿回來，當作是自己的兄弟一樣？」

甘鐵生轉頭望向窗外，小客棧房間的窗外，有一簇白楊樹，在風中，樹葉簌簌發着抖，看來很瀟灑，他道：「一個人對另外一個人好，並不需要什麼特別的理由，這種情形，十分普遍。」

白素的聲音柔和，可是說的話，卻相當尖銳：「總有些特別原因的。心理學上說，一個人對另一個人好，在很多的情形下，是為了自己心理上的某種滿足，而不是真正要對別人好。」

甘鐵生的臉色變得十分難看，君花忙為他辯護：「他不會，他是真心對人好。」

甘鐵生作了一個手勢，止住了君花的話：「不錯，有一部分，一半，甚至一大半，我是為了滿足自己的一種成就心理；看，我從垃圾堆中撿回來一個少年，把他栽培成神威凜凜的戰將，那使我十分有滿足感，但這和我們之間的感情，和方鐵生的背叛，有什麼關係？」

白素側着頭想了片刻，終於承認：「是，沒有什麼關係，如果有外來的強力引誘，應該另外尋找原因。」

君花幽幽歎息：「任何外力的引誘，總要通過媒介來進行接觸，我和他幾乎二十四小時在一起，他有什麼機會和外來的力量發生接觸？」

我和白素同時作了一個手勢，我先說了出來：「有一個機會，唯一的機會，那次，你們在山洞中，他突然感到些什麼，突然離去。」

君花搖頭：「那一點時間，能發生什麼事？」

白素道：「就是知道，這次我們來，主要是見甘先生，再就是要到那個山坳，和甘先生隱居了幾十年的那座山去看看。」

甘鐵生的身子微微發着抖：「那座山，整座山，是我那半個師官兵的墳墓，我看着他們一個個倒下來，流到最後一滴血，都沒有人皺一皺眉頭，真正是名副其實的鐵軍，鐵一樣的軍隊！」

我口唇掀動了一下，想問什麼而沒有問出來，甘鐵生立時現出了一個自嘲式的笑容——他的外形和他的智力絕不相稱，他立時知道我想問什麼，他道：「我受了傷，滾跌下山的時候，跌進了一個很窄的山縫，我想掙扎着爬上來，可是反倒向下落去。」

他說到這裏，發出了幾下聽來極無可奈何的乾笑聲：「下面是一個相當深的山洞，我一跌下去，就昏了過去，至少昏迷了十小時以上才醒過來，又苦苦捱了三天，才能開始設法離開。我身體虛弱，花了很多時間才算是重見生天，一切全都發生了！」

他說來雖然簡單，可是想像起那三四天的情形，他也和跌進了地獄無異。

甘鐵生繼續着：「山上還到處有弟兄的殘肢，我看到一次哭一次，我收集了十來枚手榴彈，準備在敵軍將領慶賀勝利時衝進去，可是我更想知道，為什麼方鐵生會沒有依約發兵！」

他說到這裏，急速地喘息起來，君花忙遞過一杯茶去，他一口氣喝乾，我從旅行包中，取出一瓶酒來，甘鐵生「啊」地一聲，伸手就取了過去，打開，咕咕咕連喝三口，又長長吁了一口氣。

他的聲音變得苦澀之極：「可是，我一下山，見到了敵軍的幾個士兵，我就全身發抖發軟，害怕得全身汗出如漿，像是要窒息，再也無法挪動半分，幸而他們沒有發覺我。起初我還不知道發生了什麼事，後來，次數多了，不但見到人影，甚至聽到人聲都是那樣，我才知道我……得了一個怪病，我不能再見到自己的同類，我對人失去了信心，覺得世上最可怕的，莫過於人！我無法控制這種發自內心深處的恐懼，所以一直只好躲在深山裏面，遠遠聽到有人聲，就躲開去，好在那山中山洞又多，就這樣躲了幾十年。」

白素大是感歎：「的確，人很可怕，有幸有不幸，你在深山裏躲了幾十年，也不知躲過了多少場天翻地覆、血流成河、屍骨如山的浩劫！」

甘鐵生才離開深山不久，又一直和君花在一起，自然不容易明白白素那幾句話是什麼意思。白素說得對，那些年來，浩劫連連那是源於惡毒的人性而發生的！

君花伸手在甘鐵生的手背上輕撫着，甘鐵生的手又瘦又乾，粗糙的、褐色的皮膚之下，血管好像小蛇一樣盤虬突起，看來簡直可怖，但看君花撫摸它時的神情，卻溫柔歡愉，只覺其美，不覺其醜。

甘鐵生又道：「忽然之間，聽到君……花的聲音，聽到了她的話，看到了她所寫的書，前塵往事，一起湧上心頭，想起了當年的那一台戲……我也確信君花並沒有背叛，只是方鐵生一個人的事，這才對人恢復了信心，敢鼓起勇氣來見人！」

我和白素互望了一眼，都覺得是時候告訴他們有方鐵生下落的消息了。我先道：「當年台上的情景，可有拍照留念？」

甘鐵生立時點頭：「有，一個隨軍記者拍了一張很好的照片，方鐵生說他喜歡，就由他保管——那時要曬多一張都不容易。」

我用相當緩慢的動作，把那張照片取了出來：「就是這一張？」

甘鐵生和君花兩人一看，都發出了一下尖銳的呼叫聲，像是看到了一個死去不知多少年的人，忽然活了過來一樣。甘鐵生也首先改變了他那種古怪的姿勢——那是他早時在窄狹的山洞中蜷縮身子時養成的習慣。兩個人的目光盯在照片上，久久不能離開，然後，他們才一起長長地吁了一口氣，向我們望來。

兩人的聲音都異樣：「哪裏來的？」

我且不回答，又取出了其餘幾張照片來，君花歎：「他的氣力真大，可以把我拋起來又接住！」

我問：「這大漢，肯定是方鐵生？」

甘鐵生點了點頭，抿着嘴不出聲，君花則道：「當然是他，我再也沒有見過那樣的大漢，美國籃球選手，有很多超過兩公尺，可是和他比，總沒有那種神威凜凜的氣概！」

甘鐵生這才說話，聲音之中，透無比的疲倦：「人人見了他，都會自然而然，對他生出敬畏之意，不單是他人壯碩，而且也由於他有那種氣吞山河的氣概！」

君花也道：「是啊，為了替他找一匹戰馬，費了多大的勁才找到了那匹日本關東的高頭大馬！」

兩個人說起往事來，從外表看來，似乎都沒有對方鐵生有什麼恨，自然，刻骨的恨意，不會表現在咬牙切齒和青筋暴綻上。

等到他們又向我望來之際，我才道：「十六年前，有人在武夷山的一個小道觀中見過他，他在那裏隱居，好像在逃避什麼，這證明當年他的行為，至少沒有在物質上給他帶來任何好處！」

君花和甘鐵生兩人的神情，都疑惑之極，君花指着甘鐵生：「他……和你一樣，一直在山裏隱居……那……是為了什麼？」

甘鐵生這時，表現了他曾是一個果斷的軍人的本色，他用力一揮手：「問他去！」

君花深深吸了一口氣：「十六年前，他……」

甘鐵生和我異口同聲：「那是唯一的線索！」

甘鐵生和君花互望了好一會，才同時歎了一聲，甘鐵生道：「如要他還在，一切就可以水落石出了！這些年，真不知怎麼活過來的！」

第十三部

舊地重臨

他說到這裏，忽然發出怪異的聲音，「哈哈」笑了起來：「有時，故意想餓死自己，幾天不吃東西，可是肚子愈餓，思路反倒愈是空靈！」

我點頭：「這就是基督徒為什麼要禁食禱告的原因。」

甘鐵生顯然想不到我會舉這樣的例子，他呆了一呆，才又把身子縮成一團。這時，我注意到他在把身子形成那個怪異的姿勢，身體縮得極緊，一般人絕無法做到，要是他縮着頭，簡直就沒有任何突出點。

他也感到我在注意他的姿勢，所以解釋：「當我確知自己又活了下來之後，心中的痛苦，實在無法形容——人在感到痛苦的時候，會自然而然，把身子縮成一團，雖然那樣做，一點也不能減輕痛苦。我遭到了那樣不可想像的背叛，也一直在把自己的身子緊縮，像是想把痛苦自身體中一滴一點擠出來！」

他在那樣說的時候，聲音甚至十分平靜，唯其如此，才更叫人有驚心動魄之感。

我歎了一聲，白素也歎着：「當我們知道你可能沒有在戰役中喪生時，首先想到的，也是這幾十年來，不知你如何從痛苦中熬過來的！」

甘鐵生慘然：「不把自己當人，只有這樣，才能熬過來。我找許多小得根本不能容身的山洞，硬把自己的身子擠進去，擠得骨頭格格發響，心裏反倒痛快些。很奇怪，再小的山洞，一天擠不進去，一個月擠不進去，一年半載下來，也就擠進去了！」

我和白素聽得駭然，甘鐵生這幾十年在山中的日子，自然痛苦，但再也想不到，會痛苦到這種程度！不過看他現在的情形，反倒像是在説着別人的事一樣，是不是經歷了像他那樣大痛苦的人，會把一切都看透了，看淡了？

他繼續在説着：「我想世上很少人能有我這樣的經歷，擠在一個小山洞之中，我可以幾天幾夜，不飲不食，人不像人，獸不像獸。可是在這種時候，我卻特別能想，什麼都想，有許多許多事，都在那種情形下想通了，有了答案，唯一想不通的就是——」

他説到這裏，停了下來，神情惘然。

自然，他就算沒有說出來，我們也都知道，他想不通的一點是：方鐵生為什麼要背叛！

也就在他陡然停下來的那一剎那，我腦中陡然靈光一閃，脫口說出了一句話來。

這句話一出口，不但甘鐵生、君花和白素都神情愕然望向我，連我自己，也覺得有點不好意思，所以又急忙作了一個「請聽我解釋」的手勢。

我陡然脫口叫出來的那句話是：「或許方鐵生根本沒有背叛！」

方鐵生背叛，已是不移的事實，所有的疑問焦點，都集中在他為什麼要背叛這一點上。

而我，竟忽然感到，方鐵生可能沒有背叛，自然叫聽到的人，都感到錯愕之極。我一面作手勢，一面已開始解釋，指着甘鐵生：「你本來就是一個相當有學識的人，過去幾十年，在那麼特異的環境中，使你有不斷的沉思的機會，去想許多問題，而且都有了答案！」

甘鐵生的神情十分沉着，可是他灼灼的目光，卻顯示他正在等着我進一步的説明。

我又揮了一下手：「我是就最簡單的邏輯規律想到這一點的——」

説到這裏，我向白素望去，尋求她的支持，她竟然可以把我沒有説出來的話接下去：「簡單的規律是：既然所有的問題，都有了解答，那麼，唯一沒有答案的問題，就有可能是這個問題根本不存在！」

我大是感激，緊握白素的手：「對了，就是這個意思。」

甘鐵生和君花互望着，他們顯然在認真考慮這個説法，可是他們又顯然無法接受。

過了一會，君花才十分小心地問：「那麼，方鐵生偽傳軍令，按兵不動，破壞作戰計劃，令山上的部隊全軍覆沒，這種行為叫什麼？」

我和白素苦笑，齊聲道：「背叛！當然是背叛！」

君花吁了一口氣：「問題在，不過沒有答案！」

甘鐵生卻道：「答案有，在方鐵生那裏，去找他！」

他說着，向我望來，我一時之間難以決定，他的意思，自然是要我和白素也去，我倒真的很想去，這時，白素先說：「我們還是先到當年事件發生時的現場去看一下。」

甘鐵生揚了揚眉：「好，先帶你們上山！」

那座山真是怪山，就算沒有軍事常識的人，也知道把軍隊開上那樣的窮山惡水去，是一種自殺行為。也正由於地形如此奇特，才更顯出甘鐵生當年的作戰計劃，何等大膽冒險。

整座山連綿幾十里，又和別的山相連，是一個相當大的山區，甘鐵生在方圓幾十里之中，對山上的一切，都熟悉之極。

在山中，我們逗留了足足三天。在這三天之中，甘鐵生給我們看他當年跌下去的那個山縫，和山縫下的深洞——我躍下之後，也花了近半小時才攀上來，甘鐵生當年，重傷昏迷之後醒來，很難想像他是怎麼樣爬出那深洞的。

甘鐵生又「示範」了他擠進狹窄山洞中的本事，山洞小得看來絕無可能容下一個人，可是他就有本事，把自己的身體一點一點地擠進去，直到全身進入，從外面看來，根本分不清他哪裏是頭，哪裏是腳。而他就在這種情形下，思索着各種問題。

這種把自己的身體擠進狹小空間中的本領，中外的雜技表演者，有的也可以做得到，但決計不如甘鐵生所能做到的那樣。

而且，甘鐵生也用行動說明了他靠什麼來生活，他從土中挖出了一大堆形狀怪異莫名，說死不死，說活不活的昆蟲的蛹來，有的是蟬，有的是螻蛄，有的是金龜子，然後放在枯枝上烤和燒，把它們都變成一團團黑褐色的東西，津津有味放在口中嚼着。

他介紹說蟬蛹最可口，我揀了一個，放進口中，果然十分甘香，君花和白素看得不住皺眉。

他也表演了如何把一隻刺蝟化為可口的食物，並從巖石上刮下鹽來，在各種各樣的野果子上攝去營養，我認識不少人，有着超卓的野外求生本能，甘鐵生和他們排在一起，絕不遜色！

最後一天的下午，他把我們帶進了一個山洞，在一塊大石上坐了下來：「當年，我拉着半個師的隊伍上了山，這個山洞就是指揮部，這塊大石既是辦公桌，又是牀，在等待的那幾天之中，我——」

他說到這裏，望了君花一眼，眼光之中，情意極深，君花歎了一聲：「我知道的，我知道你一定在想我，在揪心揪肺地想我！」

甘鐵生歎了一聲：「是的，不過我想到你很快樂，心裏多少有點安慰。」

君花又歎了一聲：「我是很快樂，可是會突然想起你，心裏就會有像被刀戳了一下的那樣痛楚！」

（當他們在這樣對話的時候，我和白素都一聲不出，原因大家都明白——他們當年，是三個男人，可是看來他們之間的戀情，仍然在糾纏不清。）

（雖然他們之間真有戀情，可是總有點怪異之感，所以無法表示任何意見。）

甘鐵生話頭一轉：「那幾天並不難過，要處理的事太多，小牛——君花，你還記得小牛嗎？那書記官，甚至寫好了如何收編俘虜，如何處理戰利品的計劃書，全軍上下，人人興奮莫名，一直到了最重要的那一刻，等不到預期的進攻——」

說到這裏，甘鐵生雙手按在大石上，身子微微發抖，神情極可怕：「派下山去刺探軍情的人，沒有一個回來，山下重重包圍，全是敵軍，根本不知道發生了什麼事，我再會領兵打仗，也沒有辦法，全體軍官，都圍在我的面前，人到了絕路，會有各種古怪的想法，很有幾個想責備我訂出了這樣作戰計劃的！」

君花喃喃道：「他們不應該責備你。」

甘鐵生深深吸了一口氣：「結果，沒有人出聲，他們只是盯着我的手看，當時，我甚至不知道他們為什麼要盯着我的手看！」

他說到這裏，停了下來，不住喘着氣，沒有人問他為什麼，因為明知給他緩過一口氣來，他一定會說出其中原因來的。

大約三分鐘之後，他才繼續：「原來我的手，本來一直按在大石上的，由於心中的焦急、憤怒和失望，手指在漸漸收攏，指甲壓在石上，用的力道那麼大，十隻指甲，一隻一隻迸裂，脫破了手指，鮮血迸濺，十指連心，我竟然一點不覺得痛！」

他一口氣說到這裏，按在大石上的雙手，也收成了拳頭，這一次，自然沒有當年那樣驚心動魄的情形出現。可想而知，當年，所有的軍官，看到了甘師長的傷痛，竟到了這一地步，怎麼還忍心責備他？

甘鐵生吁了一口氣，把握緊了的拳頭，又慢慢鬆了開來：「我等了六小時，在軍事行為中，有時連六秒鐘都不能等的，我等了六小時，方下令突圍……那不是突圍……真是拚命，一條一條鮮蹦活跳的命，斷送在敵人的槍炮刺刀之下，唉……冤孽啊！」

他會突然之中用一下慘叫「冤孽」來作為敘述的結語，倒很出乎我的意料之外。

山洞中靜了很久，他最後的那一下叫聲，彷彿還在山洞中引起嗡嗡的聲響。

他閉上眼睛，神情也漸漸由激動而變得平靜，再睜開眼來，淡淡一笑：「過去幾十年了，可是那種情景，如在目前。」

白素道：「戰場上，半個師的兵力全軍覆亡，不算是一樁大事，有幾萬人，幾十萬人一起在一個戰役中死亡的，人類的戰爭史，是最慘不忍睹的一頁！不是你死，就是我亡，甘先生，你有沒有想過，要是一切照你的計劃進行，敵軍會怎樣？」

甘鐵生沒有直接回答，只是喃喃地道：「不是你死，就是我亡！」

等我們離開那山洞的時候，殘陽如血，映得一天一地，滿山都紅，看起來就像是當年的鮮血還沒有凝結，淒涼悲壯，莫可名狀。

離開了山，回到那小客棧，甘鐵生和君花不斷回憶着過去的舊事，上半夜我還勉強聽着，可是看情形，他們非通宵達旦談下去不可，我打了一個呵欠，和白素一起告辭，回到了我們自己的房間。

我已很久沒有在這種典型的中國北方小鎮甸中的客棧過夜了，由於疲倦，躲在硬梆梆的炕上，倒也大有睡意，身邊的白素一動不動，我知道她正在想着什麼，過了一會，果然白素說了話：「你在那一剎那，感到方鐵生根本沒有背叛，既然事實上無法令人接受，但許多情形，卻可以反證這一點。」

我伸了一個懶腰：「是啊，像完全沒有背叛的動機，像背叛之後他一點好處都沒有得到，像事先一點迹象也沒有，等等，都可以反證沒有背叛行為。」

白素歎了一聲：「理論上是這樣，但實際，卻分明是另外一回事。」

我用力在炕上敲了一拳，發出了「蓬」的一聲響——那時並非冬天，炕不必生火：「整個大謎團，只有一個關鍵性的問題，一找到，什麼都可以迎刃而解。」

白素停了片刻，才道：「真有趣，以我們的推理能力，竟然會一點頭緒也沒有。」

我又伸了一個懶腰：「看小說，會看出我們這樣的結果來，世上只怕沒有人敢看小說了！」

白素側頭看了我一下：「你不覺得很有趣？」

我在她的唇上輕吻了一下：「有趣之至，單是旅行到這種地方來，和你幾乎可以剪燭夜話，就夠有趣的了。」

白素閉上了眼睛：「希望明天在那個山坳之中，會有所發現。」

我連白素想發現些什麼都沒有概念，自然無法接口。

第二天一早醒來，君花本領很大，不知從什麼地方弄來了一輛吉普車，車齡至少二十年以上，但還可以行駛，就由她駕駛，到當年屯兵的那個山坳去。

一路上，君花向甘鐵生解釋當年方鐵生和她，如何帶了半個師的官兵，化整為零，穿過敵軍陣地的空隙，成功地脫出包圍圈，到達了敵軍的外圍的經過。

那山坳，離那座山大約有二十公里，屬於另一個山區，車子在崎嶇的路上跳動前進，一駛進兩座山峰，排天的峭壁，甘鐵生就喝了一聲采：「好秘密的地方！」

君花道：「裏面的山谷可大，一萬人也藏得下。」

說到這裏，車已駛不向前去了，因為前面有一大堆碎石，堵塞了去路，那堆大小不同的石塊，大的比人還高，小的只如拳頭，如同一座水壩一樣，把峭壁之間的峽谷，塞得滿滿的只有十公尺高，看起來異特之至。

君花指着那高高的亂石壩：「當年我們探測地形，到了這裏，以為前面已經是絕路了，他攀上去一看，大聲歡呼，這才知裏面別有天地。」

甘鐵生皺眉：「人和輕武器可以翻過去，輜重怎麼辦？」

他不愧是經驗豐富的將官，一下子就想到了問題的中心點。君花道：「輜重留在那邊，派兩個連防守！」

甘鐵生「嗯」了一聲，看情形他對方鐵生和君花當年的安排，並不是十分滿意。

的確，輜重，重武器和許多物資，是軍隊的命脈，如果輜重有失，部隊的作戰能力，也自然消失了，方鐵生的決定，可說相當冒險。

君花也看出了甘鐵生的不滿，她低聲分辯了一句：「敵人沒有發現。」

甘鐵生抬起頭來，瞇着眼，看着那堵亂石壩，我和白素一到，就被這奇景吸引。堵成了一道壩的大小石塊，顯然是從兩邊峭壁上跌落下來的，兩邊峭壁上，怪石嶙峋，巉峨不齊，有風化的痕迹，想來是若干年前，有過一次山崩，大量石塊飛落下來，堵住了峽谷。

這種自然現像雖然不多見，但也可以理解。在峭壁上，還有許多大石，看來也搖搖欲墮，只要有少量炸藥，保證可以將這道石壩，加高十公尺。

君花已開始向上攀去，要攀越這道石壩，十分容易，君花一面説着：「當兄弟知道你們突圍慘敗之後，簡直如世界末日一樣，很多人攀出山坳來，竟有不少在攀越的過程中跌死跌傷的！」

要爬過這道亂石壩，身手靈便的少年人就能做得到，之所以出現君花所説的這種情形，自然是當時那些人的心中慌亂到了極點，行動大是失常之故。

不一會，我們就攀到了壩頂，放眼看去眼前是一個好大的山坳。

這時，各人的視線，自然而然，都被眼前這種豁然開朗的地形所吸引，只有白素，還在抬頭打量着兩邊的峭壁，我看了山坳一會，跟着她去看，她指着兩邊峭壁的近頂處：「看，兩邊峭壁在那裏，幾乎一樣高度，有極深的刻痕！」

白素用「刻痕」來形容那種山形，其實並不十分恰當，那是一道約有兩公尺深，一公尺高下的凹位，在兩邊峭壁離頂還有十來公尺處，所以令得那上面的山石，看來更是隨時會崩落。在那兩個凹進去之處，山石尖突，十分凌亂，可能是那一部分的石質十分鬆軟，所以在山崩中，一起落了下來。

我把我的想法說了出來，白素「嗯」地一聲：「當初山脈形成，一定是一座山峰，在地殼的變動之中，裂成了兩半，形成了峽谷，所以峽谷兩邊的峭壁，石質一樣，才會再在若干年後的山崩中，形成如今這樣的奇景。」

我和白素在討論奇特的山景，君花和甘鐵生在一旁聽着，甘鐵生歎了一聲：「山川的形成，都是億萬年的事，人生短促，實在無法理解！」

過了一會，他又道：「時間還是過去不夠多，要是再過幾十年，大家都死了，背叛和被背叛，又有什麼分別，全變成一樣了！」

在他的感歎聲中，我們已翻過了那道亂石壩，裏面完全是另外一個天地，叫人有一踏足實地，就有想大叫大跳的衝動，右首有一道相當寬的山溪，隔老遠就能感到那股山溪的清洌氣味，不能不承認再也找不到比這裏更隱蔽理想的地方了。

君花指着另一座山壁，那山壁上，有一個突出的，看來又大又平整的石坪：「瞭望哨就設在那天然的崗樓上。」

白素問：「那石坪，就是有人報告說，曾見過方鐵生出現之處？」

君花咬着下唇，點了點頭。白素又問：「你和方鐵生常去的那個山洞呢？」

君花深深地吸了一口氣，沒有說話，轉身走向前，我們都跟在後面。

山坳的四周全是山峰，山峰上下，都有不少山洞，大小都有，君花帶着我們進了一個門口有一塊長滿了苔蘚的大石作天然遮掩的山洞之中，側身從大石邊走了進去，甘鐵生跟進去，我和白素進了洞，洞中很黑，可是卻相當整潔。

君花向着一個極陰暗的角落走去，然後，佇立在一塊石頭前，久久不動。

那自然就是她當年和方鐵生相偎相依之處了。

甘鐵生就站在她的身邊，黑暗中，目光閃閃，真難想像幾十年之前那股不正常的情慾烈焰會延續至今，可是眼前的情形，又的確如此。

君花終於轉過頭來，和甘鐵生的視線接觸，兩人都震動了一下，白素也注意到了他們的情形，握住了我的手臂。甘鐵生和君花互望了好一會，兩人才同時歎了一口氣，各自伸出手來，緊緊握着，除此之外，再也沒有別的行動。

白素問：「就是在這裏，你說過，方鐵生忽然有了十分特別的感應？」

君花「嗯」地一聲：「你說得生動，他那時，真的像是感應到了什麼，我說了幾句調皮話，他就走了出去，我有點生氣，沒有立刻跟出去，山洞口有大石擋着，我看不到洞外的情形，等我也出去……大概至多十分鐘，他已不知道到哪裏去了，天色也黑了下來……」

君花的聲音愈說愈低，因為接下來，當方鐵生再出現的時候，已是午夜時分，他已在軍官會議上偽傳軍令了！

白素向我望來，我明白她的意思，立時道：「從入暮到午夜，大約是六小時左右，他不可能去得太遠，要是有什麼事發生，一定就在附近發生。」

白素吸了一口氣：「最大的可能，是在那個石坪上，因為有人見過他在那裏出現，他身形高大異常，不會被人認錯。」

甘鐵生喃喃地道：「會有什麼事發生？」

君花也難過地搖着頭，白素已向山洞外走出去，到了山洞外，轉過了一座山崖，就可以看到那個石坪，要攀到那個石坪不是很容易，我們花了約莫一小時才到達——最早到達的是甘鐵生，至少早了十五分鐘，那自然由於他幾十年來一直在山中當野人的緣故。

那石坪相當大，約有一百多平方公尺，很完整，有幾株至少百年以上的松樹，夭矯彎曲地生長着，氣勢雄偉，登高一看，視線可及處極遠，附近山色，盡收眼底，山風吹來，白素長髮披拂，簡直就像是仙子一樣，我也大是覺得心曠神怡。

第十四部

豁然開朗再無掛礙

君花和甘鐵生的感受顯然不同，他們都顯得十分沉默，甘鐵生望着整個山坳，過了一會，才道：「他站到這裏來，想幹什麼？想看本師弟兄怎樣傷心欲絕？怎樣被敵人殲滅？」

白素語調沉緩：「他宣布了假軍令之後到這裏來，還是在這以前已經來過？」

君花搖頭：「沒有人知道。」

我站在石坪的中心，打量周遭的環境，大約是我臉上的神情變化，對白素來說太熟悉了，所以她知道我在這一剎那之間，想的是什麼，她用力踏了一下腳下的石坪：「要是有什麼天外來客的話，這個大石坪，倒是他們飛船下降的理想地點。」

「天外來客」對我和白素來說，並不是什麼陌生事，在許多事件中，我都曾和「他們」有過不同程度的交往，可是對於甘鐵生和君花來說，自然十分陌生，尤其是甘鐵生，簡直感到了突兀，他立時問：「天外來客？你們在說些什麼？」

我作了一個手勢——向天上指了一指：「我們曾假設，有一種外來的力量，影響了方鐵生的腦部正常活動，使他產生截然不同的思想，這就是方鐵生為什麼在絕無可能，毫無理由的情形下，產生了背叛行為的原因。」

甘鐵生的雙眉蹙得極緊，看樣子他正在努力思索着有沒有這個可能，他思索得出的結論，倒在我的意料之中，他十分不滿地悶哼了一聲：「你們太異想天開了，哪有什麼天外來客！」

我歎了一聲：「你在深山中隱居太久了！這幾十年來地球上發生了許多事，你都不知道，天外來客來自各個不同的星球，早已在地球上活動，各有各的目的，各有各的方式，千變萬化，地球人在他們看來，是一種相當低能的生物——這一點，也有愈來愈多的地球人知道了。」

甘鐵生十分用心地聽着，他畢竟本來就很有學問底子，再加上曾經過幾十年的潛心苦思，我相信他能接受許多普通人認為不可能的觀點。

果然，他在想了一會之後，吁了一口氣：「聽來也似乎有道理，可是，為什麼天外來客要運用力量，叫方鐵生背叛？」

他對我們的假設，不但領悟得快，而且提出了疑問，我和白素一面覺得高興，一面也只好苦笑：「沒有理由——這只不過是我們不成熟的假設。」

白素補充：「所以我要到現場來看看，若真是有異星人到過，總有一點痕迹留下來的。」

君花長期在外國居住，自然有機會接觸許多有關天外來客的幻想故事，可是她對我們假設的接受程度，反倒不如甘鐵生，所以她用譏諷的口吻，指着那一大堆亂石壩，和兩道峭壁上奇異的深而對等的「刻痕」說：「看，可能有一隻飛船從那裏飛進來，飛船的翼，劃過山崖，形成了刻痕，又令得峭壁上的石塊，大幅崩落，堆成了一個亂石壩！」

我和白素自然聽得出她的語外之音，白素微笑：「我早已留意到了，如果曾發生過這樣的事，飛船撞山，必然損毀，可是一點殘骸都沒有留下。」

君花順手，向石坪後面的山峰指了一下：「那裏有許多山洞，或許飛進去了，現在還在！」

甘鐵生聽到這裏，叫了起來：「你們在說的，究竟是真還是假？」

我立時道：「可能真，可能假。那山峰有多少山洞，總得去找一找。」

君花先是神情很不以為然，但是在略想了想之後，改變了主意：「對，要去找一找，這是典型衛斯理式的解決問題方法！」

我「哈哈」一笑：「當日你把小說稿託人帶給我看，希望聽聽我的意見，不正是由於『衛斯理式解決問題方法』很有用嗎？」

君花坦然承認：「正是！如果真能在這裏找到外星人曾來過的證據，那麼，你們的假設，就可以成為事實。」

甘鐵生也笑：「這真是『大膽假設，小心求證』的最佳例子。」

甘鐵生所說的那句話，正是他在尋求知識的時代最流行的話，這時他自然而然說了出來，可知一個人生活的時代背景，對這個人影響之久遠。

四個人並沒有在石坪上停留多久，就開始去察看石坪後山峰上的大小山洞，這是一項相當費時間的行動，在行動之中，君花不斷簡單扼要地向甘鐵生講述着我許多記述出來的經歷，令甘鐵生用異樣的目光望向我的次數，也愈來愈多。

一直到天黑，甘鐵生發揮了他在野外生活的本領，我也不甘後人，所以我們的晚餐，豐富之至，包括了一隻烤狍子，兩隻烤兔，若干甜酸不一的山果，圍着一大堆篝火，吃了個飽之後，我取出了一直藏在身邊的酒，令得甘鐵生發出了歡呼聲。

大家都沒有睡意，天南地北，話題廣泛，到半夜時分，才略為休息一下，我和白素輕擁着，靠在一起，讓柔和的山風輕拂着，天上月明星稀，山影幢幢，靜到了極處。我們曾在一起，有過各種各樣的生活經歷，但像如今這樣的情形，倒還是第一遭，所以很有點新鮮感。

在離我們不遠處，君花和甘鐵生也靠在一起，君花已經睡着了，甘鐵生的身子縮成一團，昂首望着天，雙眼睜得很大，一動不動，顯然醒着。

我壓低聲音：「剛才甘鐵生所作的假設，比我們所作的一切假設都大膽！」

白素作了一個不屑的神情：「不算什麼大膽，左右不過是中了『衛斯理毒』。」

我給她說得又好氣又好笑：「我倒覺得他的假設，也很有道理。」

白素笑了起來：「你自然覺得有道理，因為他的假設，正是根據你的思想邏輯產生的。」

我沒有再說什麼，只是把剛才甘鐵生提出假設時的情形，想了一遍。

在酒酣之餘，我們的話題，十分廣泛，甘鐵生向我問的問題極多，似乎幾十年來積在心中的一切疑問，都想在一夜之間解開。

說着，他忽然又提起了一件事：「你們只見過方鐵生的照片，沒見過他的人，還是很難想像，竟會有這樣的大漢！」

我道：「單看相片，印象也夠深刻的了。」

甘鐵生深吸了一口氣，用樹枝撥弄火堆，沉默了片刻才道：「我忽然有一個怪異的想法，方鐵生的外形那麼與眾不同，他的虬髯生長速度快絕，幾乎是先剃了左邊面，再剃右邊面時，左邊又長出來了！他的氣力，也大到了不合常理的程度！」

君花略側了側身子，避開了因為他撥動火堆而濺起來的火星沫子，盯着他：「你想說明什麼啊？」

我已搶先代甘鐵生回答，因為甘鐵生的話，深得我心，也就是後來白素所說的「合乎我的思想方法」：「他想說明，方鐵生，有可能，就是外星人！」

君花的口一下子張得極大，神情錯愕之極，白素忙伸手在她的手背上輕拍了兩下：「別太吃驚，把任何人都當作外星人是他的一貫方法，有時，連我都被懷疑成為外星人，說不定他自己也懷疑自己是外星人。」

白素的那幾句話，才把君花的緊張緩和了下來——她曾和方鐵生有過那麼畸形而親密的關係，方鐵生如果是外星人，她自然大有緊張驚愕的原因。

而甘鐵生對我的話，卻連連點頭：「他身世不明，根本沒有人知道他父母是誰，自何而來，他被人發現時，就是在垃圾堆裏找食物，他的智力極高，什麼事一學就會，聰明得叫人吃驚……」

他說到這裏，頓了一頓：「他的名字叫『鐵生』，如果他是一艘墮毀的飛船之中的唯一生還者，那麼這個名字，就再貼切也沒有——」

君花用力在他的肩頭上拍了一下：「愈說愈奇了，你自己的名字，也叫鐵生！」

甘鐵生搖頭：「我不同，我有父母，有來歷可查，不像他來歷不明！」

我和白素互望了一眼，白素臉上那種似笑非笑的神情在告訴我，她心中正在說：「聽，甘鐵生的想像力，比你還豐富，半天之前，他連外星人這名詞，只怕都沒有聽說過！」

甘鐵生在繼續着：「如果他是異星人的話，那麼在緊要關頭背叛，也不足為奇。哼，非我族類，其心必殊！」

他忽然得出了這樣的結論，令我怔呆了好一會，無法作出反應。

甘鐵生的假設，當然不是絕無可能，但我不同意他「非我族類」的判語。

甘鐵生目光灼灼望着我，在火光的照耀下，他滿是皺紋，粗糙之極的臉上，現出急於想聽我意見的神情。我想了一想：「不排除他是異星人的可能，但就算他是，他的背叛行為，也毫無意義。」

甘鐵生「哼」地一聲：「或許他那種人，背叛正是他們的本性！」

我不禁打了一個寒顫，立刻想到的是，若是某個星體上的人，背叛是這種星體人的天性，那麼，這種星體上的人，應該是宇宙之間最可怕的生物了！

我喃喃地道：「如果真有……這樣的人，希望只有方鐵生一個流落在地球上。」

白素一直沒有表示什麼意見，但是我知道她一定正在思索什麼，君花打了一個呵欠，望着甘鐵生：「你的想像力，直追衛斯理！」

我和甘鐵生都乾笑了幾聲，並不十分欣賞君花的「幽默」，以後，話題又轉到了別的。

直到休息時，我才又想了起來，和白素又討論了幾句，我忽然又想到了一點，輕推了一下白素：「我們的設想，可以和甘鐵生的設想銜接起來。」

白素沒有立刻回答，但是我自然知道她明白我的話。過了一會，她才道：「有他的同類，找到了他？或者，他的同類，用某種方法，使他知道了自己的真正身分？總之，我們假設的外來力量，來自他的同類？」

我點頭：「如果方鐵生真是異星人。」

我和白素的語音雖低，但長期在野外生活的甘鐵生，聽覺十分靈敏，立時向我們望過來。

白素向他揮手示意，甘鐵生也揚了揚手，白素道：「外星孩子流落地球，在地球長大，文明先進的外星人，自然會盡量設法把孩子找回去。」

我就笑一聲，舉起手來：「我收回這個假設，因為方鐵生沒有回去，至少，十六年前，他還在武夷山被人見到過。」

白素沉吟了一下：「或許，他習慣地球生活，不願意回他自己的星球去。」

我表示懷疑：「在深山中隱居？」

白素揚了揚眉：「他住在一個小道觀中，可能已經出家了。別忘了，地球上有他曾經愛過的人，他立誓要相愛九九八十一世！」

我冷笑：「顯然是謊言，他的背叛行為，背叛了一切人，包括君花在內。」

甘鐵生的身子震動了一下：「我也認為他有同類來到地球的可能性不大。」

白素向君花指了一指：「根據她的敘述，方鐵生在那山洞之中，的確曾有過什麼外來力量的感應！」

甘鐵生道：「或許是發自他自己的內心的感應！」

（以前我已經說過許多次，我們的種種假設，都沒有一個可以確切成立的。）

（而在我所敘述過的許多故事之中，也從來沒有一個，可以作那麼多的假設。）

（雖然我早已明白，再多一點假設，也沒有意義，可是由於事情實在相當特出，所以，明知沒有意義，還是要忍不住不斷假設下去。）

（這也是這樁事最特別之處！）

當下我們又說了一些話，甘鐵生忽然恨恨地道：「那一仗要是打贏了，歷史會改寫！」

我和白素聽得他這樣說，不約而同，長歎了一聲。甘鐵生立時問：「怎麼？不對？」

我道：「是，不對，過去幾十年的歷史，已證明了你這一仗是打贏了，還是打輸了，對歷史一點影響也沒有，最多只不過在十分詳細的歷史中，說明這一仗的勝負而已。歷史的巨輪，照着它自己的軌迹前進，不受任何力量的影響，你的這種説法，是自我膨脹的結果！」

我們以為已睡着了的君花，這時忽然道：「衛先生，你真殘忍，就讓他幻想下去，有什麼不好？」

我立即道：「很簡單：人不能活在幻想中，他還要活下去！」

甘鐵生在我說到一半時，已經站了起來，雙手揮舞着，神情激動之極，可是在我和君花的對話之後，他漸漸鎮定了下來，木然而立，聲音也平淡得驚人：「對，勝或敗，在那時看來，關係重大，幾十年過去了，現在看來，算是什麼？」

我們都不出聲，過了一會，他又道：「或許那一仗贏了，下一仗就會輸，從大局勢來看，最後還是輸得一敗塗地，或許，早已死在戰場上了，或許，再也不能和君花見面了，誰能知道世事會有那麼大的變化！」

他說到這裏，又停了一會，才又道：「方鐵生的背叛，在當時看來，當然罪大惡極，可是現在，誰還會去追究歷史中的一件小事？」

君花大聲道：「我會追究！我要知道為什麼，不單是為了那一仗的勝負，也為了我個人的感情，我要問他，為什麼那麼輕易背叛了自己的誓言！」

甘鐵生「哈哈」一笑——他的笑聲一點也不造作，真正是有一切都看開了的灑脱：「你還記得當年的誓言？如果他一直遵守着，那又如何？」

君花抬頭望着天——事情一觸及他們三個人之間的那段古裏古怪的感情，別人就不好說什麼，所以我和白素兩人，都不出聲。過了好一會，君花才長歎一聲：「就算不為恩，不為怨，不為情，不為愛，總要在他口中，找出一個原因來！」

甘鐵生側着頭想了一會，看他的神情，像是在思考別人的事一樣：「當然要去見見他，如果見得到的話。當年故人，所餘無幾了！」

我和白素互望了一眼，白素向我作了一個手勢，稱讚我一番話，把甘鐵生心中的恨意，消解得乾乾淨淨。我心中也十分高興，知道一來是畢竟事情相隔了那麼多年，二來，在那許多年來，甘鐵生自己潛修冥思，其實早已把恩仇、得失、勝敗、有無之間的關竅參透了，只不過由於當年的慘痛經歷實在太深刻，所以才在最要緊的關頭之上，受了阻滯。

而我的那番話，說得十分直接，一點也不轉彎抹角，對他來說，自然起了當頭棒喝、恍然大悟的作用，一下子就完全明白過來了，明白當年在他生命之中如此重要的一件事，夾在幾千幾萬年的歷史之中，微小得不知算是什麼。

（每一個人自己認為重要之極的生命，夾在億萬個生命之中，也微小得不知算是什麼！）

一竅通，自然什麼都想通了，這便是他的神態為什麼有了重大轉變的原因——這是自然而然的改變，不是勉強造作得來的！

我向他走過去，和他互望了一眼，大家會心微笑，在這樣的情形之下，自然不必再多說什麼話，大家都知道對方的心意。我只是道：「休息一會吧，等到天亮，再到昨天沒找過的山洞去找找，看看是不是有『非我族類』來過的迹象。」

甘鐵生呵呵大笑了起來，在他的笑聲之中，又證明了他心中一無阻礙，這一刻，怕是他的一生之中，最感到輕鬆的時刻。

我竟然有點羨慕他忽然之間可以達到人生的這一境界！現在，他和君花，顯然成為一個明顯的對比，在君花心思之中，還糾纏着人生的悲歡離合，傷痛慘情，七情六慾，不知何年何月，才能有甘鐵生這樣，心靈上的徹底大解脱！

所以，我望向君花的時候，大有同情的神色，可是當我忽然又接觸到白素嘲弄的眼神時，我不禁陡然一震，伸手在自己的頭上，重重打了一下——我明白白素的意思，白素在笑我：你自己呢？你自己的七情六慾都了斷了嗎？不然，有什麼資格笑人？

我向白素作了一個鬼臉：「給我幾十年時間，在痛苦中打滾反省，我也會什麼都看得開！」

甘鐵生像是沒有聽到我的話，望着君花，帶着微笑，隔了一會，忽然道：

「癡兒！癡兒！」

君花淒然一笑，我和白素看得大是心醉。

就在這種境界之中，時間過去，東方發白，甘鐵生用竹節盛來清洌無比的水，漱了漱口，又吃了點山果，再去找剩餘的山洞。

直到第二天下午，弄得疲累不堪，發現幾個極大的山洞，入口處都十分隱蔽，但是卻一點也沒有異星人來過的迹象。

我道：「看來，異星人曾影響過方鐵生的假設，沒有實際證據可以證明。」

大家都同意我的說法，在我們攀下石坪，又來到了那個亂石壩前時，白素向君花眨了眨眼：「看來真像是一次外來力量撞擊所形成的。」

我道：「一次輕度的地震，也可以形成這樣的結果。」

甘鐵生忽然像是想到了一個十分有趣的問題一樣，笑了起來：「如果小方真是異星人，你們想他會不會承認？」

自從見到他之後，他一直都叫「方鐵生」，這時忽然自然而然改口叫起「小方」來，可想而知，那是他過去一直以來對方鐵生的稱呼，此際在他的心胸之中，既然已了無恩怨，自然也就恢復了原來的稱呼。

君花瞪了他一眼：「很有趣麼？」

甘鐵生竟像小孩子一樣拍起手來：「自然有趣，想想我們竟然和一個異星人相處了那麼久，發生了那麼多事，怎麼沒有趣？」

君花不知是跟着笑好，還是跟着惱好，神情十分尷尬，甘鐵生在她的背上重重拍了一下，呵呵大笑，神情快樂得叫人眼紅。

攀過了亂石壩，登上那輛舊吉普車，回到了那個小鎮，出乎意料之外，當地縣政府派了一個中年人來，在客棧等候君花。

那人自稱是一個什麼資料保存機構的負責人，一看到我們，就問：「哪一位是《背叛》這篇小說的作者君花女士？」

君花答應了一聲，那人把一大包文件雙手遞上：「小說中所寫的這場戰役，君女士寫得很真實，但有些情形，君女士顯然不知道，這裏有當年的一些資料，希望對君女士在補充修改時有幫助。」

君花感到意外：「太謝謝了，想不到會得到這樣的幫助，太謝謝了！」

那人道：「能為僑居西方的華籍作家服務，是我們的榮幸！」

那人走了之後，君花急不及待地打開了那一大包文件看，甘鐵生卻徜徉着走了開去，對那些文件，連望都不望一眼；我和白素回到了自己的房間中不多久，就有敲門聲，答應了一聲，甘鐵生就提着一大瓶酒，笑呵呵走進來。

他這時，和我們才見他時，截然不同，活脱是個世外高人！

（後來我和白素討論，白素説甘鐵生全然像是元曲中所寫的那些漁樵耕讀，看透了世情，大有「酒杯深，故人心，相逢且莫推辭飲。君若歌時我慢斟，屈原清花由他恁，醉醒爭甚！」和「青旗正在疏籬外，醉和古人安在哉」的意味。這種意境，求諸現代，難得之至。）

第十五部

根本沒有背叛

當晚，君花埋首往事，我和甘鐵生把那一大瓶不知名的劣酒（肯定有酒精）喝了個精光。

第二天，君花雙眼通紅：「看了一晚，什麼新的材料都沒有。」

甘鐵生淡然：「就算有新材料，也都是舊材料。」

甘鐵生這句話，說得十分有意思，可是君花卻明顯地不以為然，她瞪着他：「你心裏對他，不再有恨意？」

甘鐵生呆了一呆，剎那之間，他的神情，有一剎那的極度惘然，但隨即又恢復了平淡，像是對「恨意」這個詞，感到十分陌生。

然後，他才停了一停，笑着：「早就應該沒有了，等到現在，已經太遲了。」

君花歎了一聲：「我不能，或許……是我和他之間的關係……又深了一層？」

這樣的話，在他們糾纏不清的畸形關係之中，甘鐵生聽了之後，應該很有妒意才是，但這時，甘鐵生就像是局外人，他漫聲應道：「也許是，你們曾有過那麼快樂的短暫日子，他棄你而去，你對他的……感覺，自然會強烈得多！」

君花像是看陌生人一樣看甘鐵生，在隔了幾十年之後，她又在深山之中找到甘鐵生的時候，雖然甘鐵生經過了幾十年的野人生活，外形已大不相同，但相信君花還是一下子就可以認出他來的。

但是現在，君花卻覺得他陌生了——那自然是因為甘鐵生在整個思想觀念改變了之後，大徹大悟，連眼神和氣質都有了自然而然，極大的轉變之故。

甘鐵生這時拍着手：「別這樣看着我，老實說，若不是你興致好，我根本不想去找方鐵生，找到了，問明白了為什麼，又有什麼不同？發生的事早已發生了，問明了為什麼，絕不能改變事實，有什麼作用？」

君花的聲音，聽來十分尖厲：「至少我知道是為了什麼，不然……不然……真會死不瞑目！」

甘鐵生笑：「有那麼嚴重？」

君花一口氣說了七八聲「有」，才又道：「每當想起來，就像是心口有刀戳進去，一個永遠好不了的血淋淋的傷口，想不去想，可是做不到，以為時間會令傷口癒口，可是幾十年了，還是每當想起，就有血珠迸出來，我一定要弄明白，他為什麼要背叛。」

甘鐵生顯然在說反話：「對，弄明白了之後，傷口就會迅速痊癒！」

君花的聲音極高：「我也知道不會，可是不明白是痛，明白了還是痛，對我來說，並無損失，只有好處，因為，我明白了！」

甘鐵生不再言語，我在他們爭執時，因為涉及當年他們的「感情」，所以不便插言，實在已經很不耐煩了。君花的心情，實在很容易了解——方鐵生對她的背叛，可以納入愛情的背叛範圍之內，和方鐵生對甘鐵生的背叛，不很相同。

愛情上的背叛，被背叛了的一方，總是想知道原因，想知道為什麼，會不惜一切代價去追尋答案。雖然真正能得知真相的機會微乎其微。

而且，在很多情形下，還是不要得到真正的答案的好，真正的答案，有時極其殘酷，要舉例的話，可以有很多。因為事實的真相，大多數殘酷，不過通常情形下，都被各種各樣的外表所掩遮而已。

一見他們住了口，我忙道：「該打點到武夷山去了。」

君花恨恨地道：「我恨不得插翼飛去！」

我哈哈大笑：「你就算有翼，也一定不會比飛機的翼飛得快。」

飛機的翼，可以令時間和距離的觀念改變，古代人要穿越這段距離，所需的時間，至少一個月。而現在，雖然各種各樣的繁瑣手續和不合理的規章制度以及令人氣結的工作態度，把時間拖慢了許多，但是在兩天之後，我們一行四人，還是進入了武夷山區，並且，還有一個相當活潑的年輕人，作我們的嚮導，他屬於當地的旅遊局，一見到我們，就給我們帶來了極好的消息。

在這兩天之中，我和甘鐵生交談並不多，但對他心態的轉變，卻有了進一步的認識，用他自己的話來說：「就像做了一場夢一樣，夢醒了，夢中的一切，是好是壞，是苦是甜，誰還會去計較？計較了又怎麼樣？」

他並不諱言方鐵生，提起來，有時也低歎，有時也微笑，他甚至說：「方鐵生背叛，當然有原因，或許是我先做了什麼對不起他的事，令他反感了。」

當他這樣說的時候，君花怒哼一聲：「我看你快超凡入聖了！你怎能責怪自己，你對他那麼好，是你把他從垃圾堆撿回來的，你對他那麼好……」

君花說到激動處，不由自主，抽噎起來。

甘鐵生也不去安慰她，神情大是惘然，在惘然之中，卻又帶着略有所悟的神情。

他那時的神情有點怪，所以給我的印象也相當深刻，他接着又搖了搖頭，卻什麼也沒有說。

我知道他一定是想到了什麼，但又覺得無此可能，所以才有這樣的行動。

那個嚮導一見我們，帶給我們的好消息是：「四位，我從小在武夷山區長大，從小就是一個野孩子，那時候……生活困難，別看我年紀小，每天我在山上打個轉，就能弄到可以吃的東西，填飽一家人的肚子！」

他講到這裏，壓低了聲音，有點神秘兮兮地：「在我滿山亂轉的時候，我就見過你們要找的那個人，而且，和他的關係很好，有很多山野問生活的知識，就是他教會我的。」

我們互望了一眼，心中都十分興奮。

我們在來前，曾先打電報，請當地的旅遊機構協助，說明我們的目的，是要找一個像方鐵生這樣的人，看來旅遊機構的工作效率相當高，派給我們的這個嚮導，正是我們需要的人。

君花忙道：「太好了，你最近一次見他，是在什麼時候？」

嚮導揚了揚眉：「嗯……有八九年了。」

八九年，比十六年，時間又接近了許多，可是畢竟也隔了那麼長的時間，君花又急着問：「照你看，他現在還在不在？」

嚮導笑了起來：「一定在，他身體壯健之極，力大無窮，別看他已經老了，十個八個年輕人都敵不過他，他連老虎都可以打得死！」

君花深深吸了一口氣，神情陰晴不定，甘鐵生伸手摸了摸自己的頭髮：「他一直是那樣子，懷疑他是外星人，也有點道理。」

當嚮導的小伙子一聽，大感興趣，問了許多問題，我們不勝其煩，只好喝止他：「事情十分複雜，講不明白的，你別再問了！」

小伙子雖然沒有再問，可是一臉按捺不住的好奇神情，看了也叫人心中不忍。不過，各位都可以知道，那實在是一個複雜得過了分的故事，就算有心想告訴他，也不知從何說起才好。

在山中，有人帶路，行進容易得多。我們一早出發，當晚在深山中宿營，第二天早上出發，不到中午，已來到一座極高的峭壁之前。

那一帶，古木參天，根本已沒有了山路，相信當年，陳長青就是在這裏迷路的——他看到方鐵生像是神話傳說中的人物一樣，在峭壁上飛掠而下。不過這時我們抬頭看去，可以看到峭壁的樹木上，有些物體在跳動，那當然不是人，而是猴子。

嚮導指峭壁：「攀上去之後，在一個比較低的山頭上，就是那人曾住的小道觀，那道觀也不知何年何月，因什麼人建造的！」

攀越那峭壁，並不是很困難，峭壁上籐蔓多，處處可以挽手，怪石嶙峋，也容易踏足，連君花也不覺得有什麼難處。

翻過了峭壁，已經可以看到不遠處那個山頭上的小道觀了，看起來，像是積木搭出來的一樣。雲霧繚繞，時隱時現，完全是劍俠小說中的境界。

那時，正是中午時分。在山中趕路，就是那樣，看起來極近，直線距離可能只有三百公尺。但是要到達那地方，卻不知要走多少路。

到我們抵達那小道觀時，已是五小時之後的事了，夕陽西下，把漫山映得一片金紅，所有的石、草、木、屋，都在反射夕陽的餘暉，壯觀之極。

小道觀的門虛掩着，整個道觀的外貌，看來殘舊之至，嚮導踏前一步，小道觀的門，已陡然被打開，一條披頭散發，滿臉虬髯，身形高大，威武莫名的大漢，已一步跨出，當門而立。

他身形如此高大，所以跨出門來時，低了一下頭，當他當門而立時，他的頭，就遠高出門楣之上。

我和白素，不由自主握緊了手，視線留在那大漢身上，再也移不開去。夕陽的光芒，照在那大漢的頭髮上，虬髯上，在他炯炯生光的雙眼之中，更反映出血紅的夕陽，他站着一動不動，在破爛不堪的衣服下，可以看到他胸脯的起伏，可知他心情的激動。

在那一剎那，我心中想到的是：我又進入了另一部小說的境界了，眼前這個大漢，如果手中提着一柄刀的話，那麼，他活脫就是明教四大法王之中的金毛獅王！

我們和那大漢對望着，大漢臉上的神情，不是很看得清楚（虬髯太濃，遮住了他一大半臉面），可是，當他那雙極有神采的眼睛，緊盯着君花的時候，他面上的肌肉，在明顯地跳動。

突然之間，他揚起手來——由於他身形極高大，一揚手之際，氣勢也十分懾人，我離他最近，一進之間，也幾乎不由自主，想後退一步，以避開他的那種逼人的力量。

他直指着君花——被這樣的一條大漢直指着，是一件相當可怕的事，可是君花十分鎮定，她不等發問，就道：「我施了變性手術！」

方鐵生（那神威凜凜的大漢當然就是方鐵生）遲疑着重複：「變性手術？」

君花一字一頓：「是，由男人變成女人，其實我本來就是女人，可是從小一直被誤會是男人，當然也有點陰錯陽差，總之我現在是女人！」

我在一旁，心想，何止「有點陰錯陽差」而已，簡直就是顛陰倒陽，一塌糊塗！

方鐵生用心聽着，雙眼之中，現出極度好奇的神采來，他這時當然不再年輕，但是蓬髮虬髯，卻一樣烏黑，看起來不覺他是一個老年人，所以，他的眼神之中，竟然帶着幾分頑皮，足以證明他是一個性格十分活潑的人。

他仍然望着君花，足有半分鐘之後，視線在我、白素和嚮導的三人身上，一掠而過，停在甘鐵生的身上。甘鐵生在才一見到他時，有過一剎那的激動，但隨即恢復了平靜。

直到這時，方鐵生向他望去，他才微笑着，用十分平靜的聲調說：「小兄弟，你好！」

甘鐵生這句話一出口，除了嚮導和他自己以外，人人都震動了一下，方鐵生的震動更甚，雙手陡然握成了拳，握得粗大的指節，格格直響！

（幾十年前，甘鐵生初見方鐵生時的第一句話是：「小兄弟，你過來！」）

（從那句話開始，他們認識，開始了方鐵生生命的改變，也形成了今日的局面。現在，甘鐵生又叫了一聲「小兄弟」，可是方鐵生為什麼那麼激動？）

方鐵生揮着拳頭，虎虎風生，他大叫起來，聲音在宏亮之中，帶着一股莫名的悲憤，他在叫：「問！只管問，我知道你們一定會找到我，一定會問我……為什麼！」

他在說到最後「為什麼」三個字之際，聲音變得嘶啞，聽來像是他的心肺都被撕裂了一樣。

他是一個背叛者，在經過了那麼多年之後，見到了當年的受害人，竟然看來沒有半點慚愧悔恨，反倒一副理直氣壯，這種神情，看得我和白素，都為之驚駭不已，我們緊握着手，我自然而然考慮着如果萬一出現需要武力廝拚的場面時，如何對付這個煞神一樣的大漢！

甘鐵生先開口，他聲音平靜：「我沒準備這樣問你，可是她還想問。」

君花立時接了上去，一字一頓，咬牙切齒，把那麼多年來積壓在胸中的怒意、恨意、不明和懷疑，都一起在這三字中，吐了出來：「為什麼？」

那真是聽得人心頭大震，石破天驚的一問！

如果說君花的那一問，是九天之上，直擊下來的一個霹靂焦雷，那麼，方鐵生的回答，簡直就是地面上萬千座火山，同時爆發，噴射出無數足以摧毀一切的巖漿！

方鐵生一開始回答，場面有些亂，方鐵生簡直不能自制，無法住口，其間我、君花、白素都曾搶着大聲又問了一些問題，只有甘鐵生自始至終，一言不發，像是完全不關他的事一樣。

正由於場面紊亂，所以我用比較特殊的方法來記述當時的情形，在以下的一大段之中，除了括弧之中的文字之外，全是方鐵生爆發出來的話——方式雖然特別一點，但還是很容易看得懂的。

為什麼？你不明白？你們真不明白？為什麼？因為我必須這樣做，一定要那樣做，非那樣做不可，我想那樣做想了不知多久，終於鼓足勇氣做了！我為自己！誰不為自己呢？把我從垃圾堆中撿出來，培育我成為一個優秀的軍人，難道全為了我？沒有一點為了自己？

我變成什麼東西了？我不知道自己變成了什麼東西，只知道自己不再是人！人！人！我不是人！對我好，照顧我，我就算是個人，也不再是自己，我是人家手裏捏出來的一個泥人——看，這是我捏的，好看吧，漂亮吧！

知道我所承受的壓力有多重嗎？我必須按照捏我的雙手做人，這個可以，那個不可以，現在的日子多好，以前的日子多苦！

老實講，不到一年，我就寧願回垃圾堆去！我是從垃圾堆來的，讓我回垃圾堆去，這天公地道，可是我回得去嗎？四面八方，不知道有多少箍，有多少網，把我死死地箍着，網着，壓着，你們知道我在半夜會大口吸氣嗎？知道我只有肯定在沒有人的時候才呼吸暢順嗎？可就是連這樣的機會，也少之又少，沒有單獨一個人的機會，可惜吧！一直到現在，那麼多年了，都是單獨的，可是還會做惡夢，想起那可怕的日子，做什麼，該怎麼樣，早就安排得妥妥當當，從副排長起，只要打不死，一條直路，可以讓你看到若干年之後的副總司令！我打仗勇敢？屁！我是想在戰場上找死！

對我好？當然對我好，我沒說有什麼人對我不好，可是我能不能拒絕？可不可以不受？我沒法報答，永遠不能報答，我也不想報答，因為我根本不要。對，我揀的時機很卑鄙，打仗，不是輸就是贏，你贏了，人家就輸，你輸了，人家就贏，輸和贏都要死人，沒有什麼不同，你想想，除了這個機會之外，我還有什麼逃走的可能？對我太好了，當他把你也讓給我的時候，我就知道，再不逃走，我這一輩子就只是一個沒頓的人！

以後？我一點也沒有後悔過，以後我一座一座深山走，完完全全是我自己，最後我揀了這裏，這裏像不像垃圾堆，多麼自在逍遙，多麼快樂，絕沒有人像看猴子一樣地打量你，絕沒有人誇獎你，勉勵你，要你不斷照別人的意思去做人！

我當然有權這樣做，每一個人都有權照自己喜歡的方式處理自己的生命！不錯，我害了一些人，被害的人之中，有對我極好極好的，我說過，我為自己打算，我一刻也不能再忍下去，在那個山洞中，我陡然之間，有了決定。

什麼？外來力量的影響？當然沒有，全都是我內心世界的爆炸。背叛！徹底的背叛，背叛的是一個假的自我，得回的是真正的自我。告訴你們，你們沒有資格責備我是叛徒，沒有一個人可以責備另一個人是叛徒，因為人人心中都懷着信念，沒有人可以例外，那是人的天性，人有背叛的天性，看只看什麼時候發作！

什麼？外星人？什麼外星人，我是人，別看我身形高大，力大無窮，當然是人，什麼外星人裏星人，你他媽的在放什麼狗屁！

現在明白了沒有，不背叛，那種日子我過不下去，人人都看着，以為我日子過得快樂得很，只有我自己才知道苦，連你都不懂，以為我真的快樂，你不應該跟我下山，應該和他留在山上，我會拚命攻上去，死在你們面前，你也不該把他讓給我，那叫我更無法忍受下去，你們都不把我當一個平等的人，都把我當成一個要盡一切力量對他好的人！

沒有什麼不對，對你們賜給者來說，當然沒有什麼不對，可是對我這受惠者來說，我要拒絕，我要大聲叫：夠了！夠了！你們會聽嗎？

方鐵生雙手抓住道觀的門框，用力搖着，「嘩啦」一聲響，把門框整個拉了下來，他用力拗着，把木框拗成一截一截。

君花臉色煞白，甘鐵生負着雙手，走過一邊，抬頭看天，神情漠然。我和白素，面面相覷，我們的一切設想，都落了空，只有其中一個，比較接近，我曾說過：方鐵生可能根本沒有背叛！

方鐵生確然沒有背叛，對他自己而言，他不承認那是背叛，他只承認他的行為，是在許多籬的網之中，把自己釋放了出來！

他當然可以那樣做，每一個人都有權那樣做。可是他的情形如此特別，以致他的行為，在任何人看來，都是極度的背叛！

每一個人的想法不同，竟然可以導致看法上如此巨大的差異，什麼是對，什麼是錯，什麼是好，什麼是壞，哪有一統的標準？

方鐵生的嘶叫聲停了下來之後，山上變得出奇的靜，幾個人的喘息聲清晰可聞。

甘鐵生緩緩轉過身來：「是我不好——」

方鐵生大吼一聲：「你好！你太好了，到現在你還要好到說自己不好！」

甘鐵生淡然：「沒有什麼不同，你是你，我是我，他是他，這個道理，我至少明白了！」

方鐵生一個轉身，走進了道觀之中，君花還想說什麼，揚起了手來，甘鐵生把她揚起的手抓住：「知道了為什麼，該走了！」

君花終於忍不住，淚流滿面：「我還是不明白——」

甘鐵生打斷了她的話頭：「會明白，總會明白的，要是一直不明白，就讓它不明白好了！」

《背叛》的故事完了。

咦，不是說，還有我的一半背叛的故事嗎？是，也已經說了，或者說，是方鐵生代我說了。

人人心中都有潛在的背叛意識，看什麼時候發作！

明白嗎？不明白也不要緊，因為會明白，總會明白的，要是一直不明白，就讓它不明白好了！

（全文完）

衛斯理小說典藏版　71

背 叛

作　　者：　衛斯理（倪匡）
責任編輯：　盛　達　　常嘉寧
封面設計：　李錦興
出　　版：　明窗出版社
發　　行：　明報出版社有限公司
　　　　　　香港柴灣嘉業街18號
　　　　　　明報工業中心A座15樓
電　　話：　2595 3215
傳　　眞：　2898 2646
網　　址：　https://books.mingpao.com/
電子郵箱：　mpp@mingpao.com
版　　次：　二〇二二年八月初版
I S B N：　978-988-8828-16-6
承　　印：　美雅印刷製本有限公司